HELLO EDITIONS

www.helloeditions.fr

ISBN 9782384620784

Brigitte Noble

9 nouvelles avec des héroïnes

HELLO EDITIONS

Je dédie ce recueil à toutes les héroïnes d'un jour ou de toujours, souveraines et combattantes qui tracent leur chemin sur terre et au paradis parce qu'elles ont suivi leur cœur…

POUR L'ETERNITE

« I, I will be king
And you, you will be queen
Though nothing will drive them away
We can be Heroes, just for one day
We can be us, just for one day »
« Heroes » – David Bowie

SOMMAIRE

Le puits de Fontevraud

Éléonore longe la nef de l'église abbatiale rythmée par les hautes colonnes blanches aux chapiteaux sculptés, elle passe devant les tombeaux des Plantagenêts, puis va s'agenouiller dans l'une des chapelles où elle s'abîme dans une courte prière. Elle se signe et franchit la porte papale, traverse une galerie voûtée d'ogives pour déboucher dans le cloître du Grand-Moutier. La nuit étoilée l'enveloppe alors qu'elle traverse le jardin ouvragé pour se diriger vers un puits qui s'encastre dans une arcade aveugle. La jeune fille se penche au-dessus de la margelle. Un appel monte de l'insondable profondeur portée par un souffle puissant. Éléonore frissonne et ferme les yeux...

***

L'abbaye de Fontevraud étendait sa masse imposante dans le crépuscule de novembre. Après avoir affronté la tempête extérieure qui lui avait rabattu des paquets de pluie sur la tête, Éléonore se retira dans son logement de fonction situé dans la Cour du Dehors. Elle ôta sa parka détrempée et secoua sa longue chevelure rousse humidifiée qu'elle tressa sur le côté. Puis, elle remit quelques bûchettes dans le poêle à bois qui réchauffait son modeste intérieur.

Cela faisait une semaine que la jeune fille, diplômée en « Architecture et histoire de l'art », avait pris ses fonctions de guide-conférencière à l'abbaye.

Le jour de son arrivée, elle fit un tour de reconnaissance du prestigieux ensemble religieux avec Auguste Bayard, le gardien et homme à tout faire, et Prosper Joly, le conservateur, lequel regagna, ensuite, sa douillette et luxueuse demeure saumuroise.

Éléonore appréciait cette première affectation, elle lui permettait de retrouver son Anjou natal après des études à l'école parisienne du Louvre.

Rassasiée d'un simple dîner préparé par Louise Bayard, femme du précédent, la jeune fille s'installa à sa table de travail. Ayant peu de disposition pour l'art culinaire, elle acceptait avec enthousiasme la proposition de la guichetière et intendante du domaine, moyennant un petit écot, de lui réserver des portions de ses plats cuisinés ou de partager sa table.

À l'affût de détails historiques, aux fins de parfaire sa connaissance des lieux, Éléonore avait choisi d'anciens ouvrages à la bibliothèque située dans le Logis Abbatial. Elle les compulsait au hasard, s'attardant sur certains, au gré de son intérêt.

Elle avait des notions sur l'histoire de l'abbaye, fondée à la fin du XIe siècle par Robert d'Arbrissel...

Avec l'aide de disciples et de brigands qu'il avait convertis, ce moine breton avait défriché un val, au creux d'une profonde forêt, au lieu-dit le Fons d'Evraud, pour y établir une « cité monastique ». Une trentaine d'abbesses se succédèrent à la tête de cette communauté religieuse, dont la plus célèbre fut Aliénor d'Aquitaine qui y établit la nécropole de la dynastie des Plantagenêts, comtes d'Anjou. L'ensemble monumental fut transformé en prison par un décret napoléonien pour finir dans le giron du ministère des Beaux-

Arts après 1963. Depuis, d'importants travaux d'aménagement et de restauration prenaient place dans l'enceinte abbatiale.

Engourdie par la chaleur du poêle et un verre de vin rouge, Éléonore se blottit dans le vieux canapé en velours râpé de son logis et tourna les pages d'un grimoire du XVIe siècle. Il comportait des fables, ornées d'enluminures naïves, ayant pour cadre l'abbaye et le bourg de Fontevraud. Elle s'attarda sur celle intitulée *Le Puits*, illustrée de personnages en tenue d'époque...

« Il était une fois une noble et belle jeune fille, prénommée Aliénor, qui logeait dans un château délabré, proche du village de Montsoreau. Elle était entichée de son voisin et compagnon d'enfance, issu d'une famille huguenote désargentée, et refusait farouchement d'épouser un beau parti choisi par son père. Pour pénitence, la demoiselle angevine avait été recluse au couvent de Fontevraud, dans la partie réservée aux femmes repenties... Obstinée et amoureuse, usant de stratagèmes, Aliénor avait fait venir son bien-aimé : il avait réussi à franchir le mur d'enceinte du domaine et à déjouer la surveillance des moniales. Éperdue d'amour pour son valeureux chevalier, elle s'était donnée à lui avec ferveur dans son austère cellule et lui avait demandé de renouveler son exploit au fil des nuits... »

À ce moment de sa lecture, Éléonore s'assoupit et s'engloutit dans un rêve qu'elle épousa totalement, n'en distinguant pas la frontière avec sa vie réelle. Elle y vit Adam, bravant les brumes hivernales des Bords de Loire pour venir la retrouver.

Dans la vraie vie, ce dernier avait tiqué lorsqu'il avait appris que la jeune fille allait s'isoler aux confins de l'Anjou.

– Tu quittes Paris pour un bled à deux-trois bicoques ! Et dans un couvent ! Tu veux prendre le voile ou quoi ?

– Un ancien couvent... C'est un boulot ! Rejoins-moi !

– T'es folle ! Je ne suis même pas sûr qu'il y ait l'électricité là-bas...

– T'inquiète, tu pourras la brancher ta guitare ! Il n'y a que ça qui compte pour toi !

Les jours s'enchaînèrent et Éléonore n'eut aucune nouvelle d'Adam. Ne disposant pas d'un téléphone personnel, elle lui envoya des lettres qui demeurèrent sans réponse. Dans la dernière, elle priait son ami de venir, au moins, la retrouver pour Noël.

En cette fin d'année 1977, l'air retentissait du bruit des outils des Compagnons du Devoir qui s'appliquaient à redonner aux murs et aux toitures leur éclat d'antan. Les tailleurs de pierres, les menuisiers et les couvreurs, les décorateurs et les paysagistes, s'activaient avec leurs outils spécifiques et leur savoir-faire à tous les étages, des caves aux greniers, en passant par les cours et les jardins. Des fouilles étaient entreprises par les archéologues afin de mettre à jour les parties les plus anciennes et les architectes étudiaient les plans de restauration des monuments historiques dégradés.

Les bâtiments ecclésiastiques furent dévastés et vandalisés à l'époque de la Révolution Française, le mobilier précieux, les ornements sacerdotaux, les tableaux et les œuvres d'art furent soumis au pillage par la population et la soldatesque. L'Assemblée nationale révolutionnaire décréta que les biens du clergé appartenaient désormais à la patrie et que les vœux des monastiques n'étaient plus reconnus. La transformation en centre pénitentiaire acheva la dénaturation de la « cité idéale », au rayonnement intellectuel et spirituel, rêvée par son fondateur Robert d'Arbrissel.

Depuis 1976, le Centre culturel de l'Ouest animait et gérait le domaine de Fontevraud où s'organisaient des visites pour un public avide de découvrir son patrimoine collectif à travers des édifices chargés d'histoire.

Éléonore se familiarisait avec l'espace monumental et majestueux. Elle y respirait l'odeur de la pierre et du bois dans tous leurs états. Des parfums pénétrants s'exhalaient du végétal environnant, à partir des jardins et des bois. Elle longeait les galeries du cloître, détaillant dans le tuffeau les rinceaux délicatement sculptés de volutes et d'armoiries des rois de France. Elle se perdait dans les escaliers glacials, s'égarait dans les couloirs silencieux des étages qui desservaient des pièces dénudées. Elle s'aventurait dans les anciens dortoirs, jadis occupés par les religieuses, convertis en cellules rudimentaires lors de la période carcérale qui avait duré cent-cinquante années.

Il régnait une atmosphère de mystère et d'austérité, une aura de quiétude et de spiritualité. La jeune fille percevait fugitivement des souffles et des murmures, des frôlements... Il lui semblait que les murs avaient gardé en mémoire les joies et les souffrances des milliers d'âmes qu'ils avaient abritées, que la matière avait absorbé et retransmettait les émotions des prières, celles issues des pompeuses cérémonies liturgiques, celles des huit messes quotidiennes de Matines à Complies, ou bien celles chuchotées avec ferveur dans l'isolement d'une chambrette ou d'un cachot.

Éléonore n'avait pas encore visité les caves, elle attendait d'y être invitée par Denis et Christophe qui sondaient et creusaient aux quatre coins du site monastique. Ils déterraient des morceaux de vaisselle, des fragments d'outils, des pièces de monnaie, des bouts d'os... Dernièrement, ils avaient découvert un passage obstrué qui reliait probablement l'abbaye à l'église Saint-Michel située dans le bourg. Une légende rapportait qu'un réseau souterrain permettait de rejoindre la Loire et Montsoreau...

Les ouvriers des chantiers de restauration étaient, le plus souvent, issus du village ou des environs et rentraient chez eux le soir. Ils apportaient leur casse-croûte qu'ils prenaient, avec le chef de chantier, dans une salle qui leur était réservée.

Les deux archéologues, originaires de Nantes, résidaient sur place. Tout autant qu'Éléonore, ils profitaient de la cuisine de Louise Bayard pour des repas pris dans la salle à manger du Logis de l'Abbesse auxquels s'adjoignaient, quelquefois, le conducteur des travaux et l'architecte des monuments historiques.

Ce même logis comportait le bureau d'accueil, occupé par madame Bayard lors de ses activités administratives, ainsi que la bibliothèque qu'Éléonore avait décidé de réorganiser en classant tous les ouvrages sur des étagères appropriées selon un inventaire spécifique.

Dans la foulée, la jeune fille, pleine d'énergie, aménagea une Salle du Trésor où elle disposa les trouvailles archéologiques et les pièces intéressantes dénichées et récupérées de-ci, de-là... Des personnes de la région, désireuses de participer à l'essor du Centre culturel de l'Ouest, léguaient des objets provenant de successions de famille dans un esprit philanthropique. Certains de ces biens de valeur, dispersés pendant la Révolution, provenaient de l'abbaye et de son village.

Décembre était bien entamé et les touristes ne se pressaient guère au portillon, ce qui donnait du temps à Éléonore pour suivre les recherches de Denis et Christophe.

Les deux garçons souhaitaient se loger dans les anciens cachots des condamnés et la jeune guide tiqua sur ce choix :

– Ils sont chargés d'ondes négatives...

Christophe, à l'allure d'éphèbe blond aux yeux bleus, lui rétorqua :

– Je ne crois pas aux forces de l'invisible, chérie, je suis un scientifique... Et puis, j'aime les lieux dépouillés, nous allons prendre une cellule chacun et nous installerons nos dossiers et notre matériel dans une autre.

– Comme tu veux.

– Je veux bien que tu viennes m'enfermer la nuit, mais à condition que tu partages ma paillasse...

Éléonore ironisa sur l'invitation, Christophe la provoquait régulièrement sur ce terrain-là, mais elle lui rabattait son caquet et le traitait de macho.

Denis, gringalet binoclard, assistait à leurs joutes oratoires en souriant et en haussant les épaules. En dehors des fouilles, celui-ci s'absorbait dans l'étude et la réalisation de plans et remplissait des carnets de relevés et de croquis.

Au cours d'un déjeuner, le petit groupe, presque familial, formé par les époux Bayard et les trois jeunes gens, évoqua les fables qui circulaient sur les fantômes de l'abbaye. Passionnée par le sujet, Éléonore questionna Louise Bayard à propos d'apparitions d'une Dame Blanche, par certaines nuits d'hiver, dans la galerie Est du Cloître du Grand-Moutier. Christophe s'écria :

– Vous l'avez vue, madame Bayard ?

– Je l'ai aperçue plusieurs fois derrière les fenêtres du haut dortoir...

– T'entends ça Éléonore ? C'est proche de ma chambrette...

– Tu n'as pas peur qu'elle vienne te chatouiller les pieds ? ironisa la jeune fille.

– Même pas ! J'aimerais bien voir ses nichons à défaut des tiens...

– Ce que t'es subtil !

– On ne plaisante pas avec ça, les jeunes ! rétorqua Louise d'un air sévère qui jeta un froid.

Un soir de la semaine suivante, Christophe chercha, puis trouva Éléonore à la bibliothèque où elle étudiait des parchemins qu'elle venait de récupérer. Il s'exclama :

– Eh chérie, en dégageant une partie du sous-sol, on est tombé sur une crypte !

– Super ! Je peux vous accompagner demain matin ?

– OK, et maintenant, tu viens boire un coup au pub du bourg ?

– Non merci, Christophe, je suis claquée...

Tout en prélevant dans la cuisine du Logis un morceau de fromage, du pain et un flacon de Saumur-Champigny pour une petite collation, Éléonore pensait qu'Adam n'aurait pas franchement apprécié la familiarité de Christophe à son égard...

Elle avait hâte de rentrer chez elle, de prendre une douche brûlante, et de se remettre à la lecture du grimoire au creux de son canapé.

Aujourd'hui, elle avait récupéré un lot de peintures polychromes sommairement estimé et daté du XVIe siècle par l'antiquaire du village. Les tableaux représentaient des scènes de la vie quotidienne des religieuses dans la cité monastique. L'attention d'Éléonore se porta sur une peinture représentant un ensemble d'élèves-pensionnaires encadrées par leur prieure en longue robe. Une jeune fille rousse à l'air familier émergeait du groupe, elle irradiait d'un charme frémissant. Un sourire étirait son fin visage illuminé par ses yeux verts. Éléonore dut faire un effort pour détacher son regard captif du tableau.

Ce soir, intriguée et émue, elle tournait les pages du grimoire, il lui semblait que les deux œuvres étaient liées...

« Adam s'était fait piéger par le père d'Aliénor qui l'avait guetté, dans le cloître, avant qu'il ne rejoigne sa douce amie. Il lui avait passé, par traîtrise, son épée à travers le corps et avait balancé

le cadavre du jeune homme dans le puits. Son forfait accompli, le père vengeur s'en était vanté auprès de sa fille. Désespérée, Aliénor s'était laissée mourir de faim et de folie dans sa cellule, appelant Adam jusqu'à son dernier souffle. La légende disait que, depuis, au moment de Noël, certaines personnes pouvaient apercevoir le fantôme d'Aliénor, errant dans les allées du couvent, pleurant après son chevalier. La légende disait aussi que l'âme de la malheureuse serait délivrée lorsqu'une jeune fille, idéalement sensible et amoureuse, aurait l'idée de se jeter dans le puits. Ce que la pauvre Aliénor n'avait pas eu le courage de faire, à son époque... »

Très troublée, Éléonore ne put s'empêcher de penser qu'elle collait au personnage d'Aliénor, jusqu'au prénom même de son superbe fiancé...

Persuadée que rien n'arrivait par hasard, elle s'interrogea sur le sens de cette coïncidence.

Le lendemain matin, elle se leva, la tête lourde. Elle avait passé une nuit agitée de rêves tourmentés où des gens s'entre-tuaient dans des châteaux en ruines. Elle dut faire un effort pour chasser de ses pensées les bribes de cauchemars qui s'y accrochaient.

Chaudement vêtue, revigorée d'une tartine de pain beurrée au miel et d'un café, munie d'une lampe torche, elle quitta son logement pour rejoindre les archéologues.

L'église abbatiale dressait son clocher dans le petit matin gris et brumeux. L'humidité en suspension s'infiltrait dans les vêtements d'Éléonore alors qu'elle suivait la galerie méridionale du cloître au bout de laquelle démarraient les escaliers menant aux caves. La porte d'accès en était ouverte et laissait entrevoir un espace sombre et silencieux.

Éléonore commença sa descente ; d'une main, elle éclaira les marches glissantes, de l'autre, elle s'appuya à la paroi recouverte de salpêtre. Elle suivit un boyau tortueux en projetant le faisceau de sa torche qui révélait un environnement crayeux au sol inégal sur lequel elle butait parfois. Des sons de plus en plus forts lui parvinrent au cours de sa progression. Puis elle déboucha dans une zone, sommairement éclairée par deux lampes à pétrole où s'activaient les archéologues. Christophe clama :

– Enfin, te voilà !

– Vous ne m'avez pas attendue !

– J'ai frappé à ta porte ce matin...

– J'ai eu un mal fou à me réveiller.

Armés de petites pioches, les deux gars, équipés d'une lampe frontale, grattaient précautionneusement le sol sablonneux du caveau qu'ils avaient dégagé cette semaine. Ils avaient mis en évidence une dalle de pierre qu'ils s'apprêtaient à soulever et la jeune guide les aida. Ils décollèrent le couvercle dans un nuage de poussière et le déposèrent sur le côté. Trois têtes se penchèrent aussitôt, la fosse présentait des squelettes pêle-mêle, manifestement de taille humaine... Les jeunes gens s'exclamèrent de stupeur et Denis commença à prendre des photos. D'après les plans, cette crypte se trouvait sous le puits du cloître du Grand-Moutier.

La petite équipe passa le week-end à collecter dans des boîtes des échantillons d'os et de matières. Ils seraient analysés et datés en laboratoire. En attendant, Denis pensait qu'il s'agissait d'une fosse où des cadavres furent jetés pêle-mêle, sans aucune cérémonie.

Le sous-sol recelait d'autres tombes, notamment celles qui se trouvaient dans une crypte située sous le maître-autel de l'église abbatiale et qui comportaient les sarcophages des abbesses ayant exercé à Fontevraud. Les religieuses et les simples gens ayant été enterrés au cimetière du monastère.

Ainsi, Éléonore se plongea dans l'étude des ouvrages dont elle disposait, en quête d'informations sur un massacre qui aurait eu lieu à l'abbaye. D'après Denis, les lambeaux de tissus et les quelques ornements retrouvés dans la fosse semblaient indiquer une période se situant au XVIe siècle.

Éléonore rendit visite à Théophile Seignard, l'antiquaire-bouquiniste du village. Il possédait une puissante culture historique et elle aimait échanger avec lui. Elle lui raconta la dernière découverte archéologique. L'antiquaire pensait qu'il pouvait s'agir de protestants qui furent éliminés ; maints bastions huguenots des environs, notamment celui de Saumur, étaient en guerre avec le monastère.

Intrigué, l'antiquaire farfouilla parmi les étagères de sa boutique d'où il exhuma un volume à la couverture de cuir râpé qui relatait certains faits particuliers aux guerres de Religion en Anjou. Il en tourna fébrilement les pages en murmurant des : « C'est très étrange... », puis, il résuma à Éléonore, qu'en décembre de l'année 1577, un groupe de jeunes protestants voulut venger un de leurs camarades qui fut trucidé par le père de sa bonne amie, lequel était capitaine de la garnison de défense basée à l'abbaye. Lors d'une échauffourée avec les gardes, ils subirent le même sort que l'infortuné amoureux. Lardés de coups d'épée, ils furent précipités dans un puits du cloître. Nul ne retrouva jamais leurs traces.

Excitée, Éléonore remarqua :

– Cet événement correspond à la date estimée des ossements trouvés dans le caveau sous le puits et il colle à la légende...

– Quelle légende ?

Éléonore renseigna l'antiquaire sur l'existence de son fameux grimoire et du tableau... Monsieur Seignard demanda à voir les œuvres et conclut :

– C’est extrêmement troublant ! Je vais faire d’autres recherches, si vous voulez, mademoiselle Éléonore... Oh attendez, je n’avais pas lu la page suivante, le texte précise que le jeune amoureux se nommait Adam de Chateaunoir et que l'abbesse de l’époque était Louise de Bourbon... Mais, vous ne vous sentez pas bien Éléonore ?

La jeune fille dut s’asseoir dans un des fauteuils crapaud du magasin d’antiquités. Livide, elle ne cessait de murmurer : « C’est pas possible... », puis, elle se leva brusquement et passa la porte. Elle fila dans la ruelle pavée qui la ramenait à l’abbaye. Ses pensées s’accéléraient et se brouillaient. Une succession de signes récents se liaient à des événements inquiétants du passé dans une mécanique incontrôlable. Éléonore décida de se confier à Louise Bayard.

En entrant dans le logis des abbesses, elle croisa Auguste Bayard qui, afin de fermer les multiples portes du domaine pour éviter les intrusions, partait effectuer sa dernière tournée du site. L’intendante se trouvait dans le bureau où elle alignait des chiffres dans un cahier. La maigre femme, aux cheveux blancs dressés en chignon, releva à peine la tête à l’entrée de la jeune fille.

– Madame Bayard ?

– Oui, Éléonore...

– Savez-vous si des assassinats se sont produits ici, à l'abbaye, en 1577 ?

Louise Bayard regarda la jeune guide et s’exprima d'une voix grinçante :

– Vous savez, Alié... Éléonore, cet endroit fut le théâtre de crimes et de passions, ce ne fut pas seulement une retraite religieuse tranquille et bienheureuse...

– Dites-m’en davantage...

– Plus tard, Éléonore, j'ai du travail... Il y a encore de la soupe à la cuisine, nous avons mangé sans vous.

– Non merci, je n'ai pas faim.

Tout autant angoissée, Éléonore ressortit avec l'intention de retrouver les archéologues. Elle descendit vers le jardin enclos par les quatre murs du cloître ; le contour du puits s'y profilait dans l'obscurité. Elle s'en approcha et plaqua ses mains sur la pierre froide et rugueuse. Un murmure sourd lui parvint des profondeurs.

Une lumière blanchâtre attira soudainement son regard vers l'étage de la bâtisse abritant le haut dortoir. Elle s'y déplaçait en glissant derrière les baies du corridor. Puis, le spectre lumineux descendit vers la galerie, bientôt, la jeune fille allait le voir apparaître dans le jardin...

– Bouh !

Éléonore sursauta et hurla de terreur alors qu'une main agrippait son épaule. Elle se retourna pour tomber dans les bras de Christophe qui riait :

– Quelle trouille, ma vieille !

– T'es con ! J'ai cru mourir !

– Qu'est-ce que tu fous là ?

– Et toi ?

– J'étais descendu pour prendre l'air et fumer, paradoxalement...

– J'allais vous voir.

– Tu t'ennuies ?

– Je flippe un peu...

– C'est l'effet souterrain, tu as vu trop de squelettes.

Éléonore pointa le bras vers le bâtiment d'en face, n'y distinguant plus aucune trace de lumière. Elle demanda :

– Tu n'as rien vu là ?

– Non, quoi ?

– Je crois que j'ai aperçu la Dame Blanche...

– Oh, arrête ! Tu crois à cette blague de revenants ?

– Si tu savais...

– Quoi ? Viens dans ma cellule, je vais te réconforter...

– Non merci, j'ai eu ma dose d'émotions, je rentre.

Les nuits suivantes, Éléonore eut du mal à trouver le sommeil. Un malaise insidieux s'empara d'elle. Elle eut la sensation de baigner dans l'irréalité. Son propre esprit lui échappait tandis qu'un autre prenait possession de son corps. Elle se sentit abandonnée et piégée par un destin qui n'était pas le sien. Elle trouva même à madame Bayard des faux airs d'abbesse...

Les jours de décembre s'égrenèrent sous un ciel plombé. L'hiver envahit le paysage en isolant l'abbaye du reste du monde...

À l'approche de Noël, les ouvriers des chantiers quittèrent les lieux pour passer les fêtes en famille. Profondément déprimée, Éléonore refusa toute invitation. Ses compagnons la quittèrent à regret, lui prédisant qu'elle allait s'ennuyer à mourir...

Le domaine abbatial n'était plus occupé que par les époux Bayard et la jeune fille à qui Adam ne donnait aucun signe de vie.

À l'occasion de cette nuit de Noël, Louise et Auguste Bayard la convièrent à dîner. Ensuite, ils iraient à la messe de minuit célébrée à l'église Saint-Michel. Engluée dans son cafard, Éléonore était encore indécise quant à sa participation aux festivités...

En début de soirée, elle ressentit soudainement l'urgence d'une mission à accomplir. Guidée par une force supérieure, elle quitta son logement...

Le jeune homme pénétra dans l'enceinte du monastère. Il dut passer par-dessus le mur, car toutes les grilles étaient verrouillées. Il savait exactement où escalader et comment se diriger. Cela ne le surprenait pas, artiste, il fonctionnait à l'instinct et à l'intuition.

À l'intérieur, il dépassa des bâtiments obscurs et fermés. Le paysage, nappé de givre blanc, présentait un décor féerique ; le froid intense déposait des particules scintillantes sur toute chose, du sol aux toitures.

Il toqua à la porte du logis d'accueil. Sans réponse, il pénétra dans la maison jusqu'à une table dressée pour un repas de deux personnes... En effet, s'y tenait un couple formé par une dame à l'air sévère et un homme rondouillard.

La femme tressaillit devant l'irruption fougueuse du jeune homme brun, ébouriffé, tout habillé de cuir noir et qui dardait son regard sombre. Il lança d'une voix grave :

– Je cherche Éléonore !

– Qui êtes-vous ?

– Adam Castleblack...

– N'êtes-vous pas mort ?

– Vous êtes folle ? Où est-elle ?

– Qui ça ?

– Éléonore, ma fiancée...

– Aliénor ?

– Non, Éléonore !

– Elle est partie vous retrouver...

Adam se retint de secouer l'oiseau de mauvais augure. Il répéta :

– Où est-elle ?

– Dans le cloître, mais c'est trop tard...

– Trop tard pour quoi ?

– Seule l'intention comptait selon la légende de la Dame Blanche... Éléonore est allée trop loin, elle n'était pas obligée de se sacrifier...

– Mais vous êtes vraiment dingue !

Le jeune homme se rua à l'extérieur. Devinant son chemin, il dégringola les marches de l'église abbatiale, fusa dans la nef, et se précipita dans le jardin... Là-bas, la silhouette de son amie se découpait dans une scène d'épouvante, prête à basculer dans les entrailles d'un puits.

***

Elle se penche de plus en plus et son buste disparaît. Elle perçoit une voix qui l'appelle. Bientôt, la dernière page sera tournée. Elle rejoint son amour.

Le jeune homme surgit dans la nuit glacée, il hurle le nom d'Éléonore. D'une détente prodigieuse, il l'attrape au moment où elle va plonger. Leurs deux corps se récupèrent, enlacés, sur le dallage givré... Adam murmure :

– À quoi joues-tu chérie ?

– Adam...

– J'ai reçu tes lettres... je n'allais pas te laisser seule ce soir.

– T'as pris ta guitare ?

– Mais non, mon cœur… je m'en fous, viens, rentrons nous réchauffer...

Dans l'espace nocturne, une lumière jaillit, libérée. Elle monte et se dissout au-delà des toitures de l'abbaye...

Saint-Jean-de-Monts

La Simca 1000 blanche, dotée de phares faiblards, empruntait des routes sinueuses à travers la campagne hivernale composée de champs boueux et de maigres bosquets. De temps en temps, un hameau isolé surgissait et de frêles masures étendaient l'ombre de leurs façades lugubres dans le paysage détrempé. Des arbres squelettiques projetaient leurs branches au-dessus des voies qui traversaient d'obscures forêts.

Cela devait faire trois heures que j'avais quitté les plaines de la Beauce, en début d'après-midi. Le vent chassait de noirs cumulus dans un ciel tourmenté.

De grosses gouttes s'écrasèrent sur mon pare-brise que les essuie-glaces poussifs écartèrent à grand-peine. J'écarquillais les yeux pour apercevoir la route au-delà du capot. Mes doigts se crispaient sur le volant, ma nuque était tendue à force de vigilance, mon dos souffrait des cahots et la nuit commençait à tomber…

Quelle idée de filer à Saint-Jean-de-Monts par un jour de décembre finissant !

Mais Dany m'avait suppliée : « Natalia, je peux compter sur toi, n'est-ce pas ? »

Il m'avait téléphoné d'une cabine proche du bord de mer, j'entendais le souffle du vent dans le combiné. Il m'avait donné l'adresse d'un hôtel à l'entrée de la ville.

Les rafales s'intensifiaient alors que j'approchais du littoral, mon véhicule faisait des embardées et je peinais à rouler droit.

Mon fiancé avait quitté notre domicile la veille pour un séminaire de travail. Je m'étais étonnée de la date si proche de la période de Noël.

Tout en conduisant, je pensais à ma rencontre avec Dany Devil et l'angoisse de mon « mois de retard » me taraudait…

**

Dany officiait comme caissier à la Banque Nationale de Paris, sise Grande-Rue, à Dreux. Je l'ai rencontré au bar *Le Celtique*, situé dans cette même rue.

Installée sur une banquette en moleskine verte, je sirotais un café-crème avant de prendre mon travail. Un jeune homme brun, maigre et nerveux, cheveux gominés et favoris, en costume foncé, se tenait au comptoir. Il fumait une gitane sans filtre en buvant son café. Son visage aigu se reflétait dans le miroir situé derrière le bar. Il devait m'y épier comme je le faisais…

Il attrapa une corbeille de viennoiseries qui trônait sur le zinc et s'approcha de ma table :

– Je vous offre un croissant ?

– Je ne mange pas le matin.

– Oh, faites-moi plaisir !

Il s'assit en face de moi, écrasa son mégot dans le cendrier sous mon nez et commanda un autre café au barman. Je consentis à grignoter le bout d'un croissant. Je ne sus quoi dire à ce type, il lança :

– Je m'appelle Dany, je travaille à la banque d'à-côté, et vous ?

– Natalia, j'ai un emploi d'été à *L'Écho Républicain.*

– Étudiante ?

– Je viens d'avoir le bac, je m'initie au journalisme...

– C'est un chouette métier ! Vous écrivez ?

– Je rédige des piges sur les faits divers locaux, les inaugurations, les foires, les vols...

– Les vols ?

– Je vais à la pêche aux renseignements lorsqu'une dame se fait piquer son sac à main.

– Intéressant...Ça vous dirait une invitation pour le bal de samedi prochain à la salle des fêtes ?

Je tardai à répondre et il insista :

– Dites oui !

– Je vais y réfléchir.

– Je compte sur vous, Natalia... Je vous attendrai devant la mairie, à vingt et une heures.

Dany se leva et fila sans me laisser le temps de dire ouf... J'envisageais sérieusement de lui poser un lapin.

Je rejoignis le journal. Je saluai la réceptionniste et je gagnai la salle de rédaction pour m'installer à mon poste de travail. Une imposante machine à écrire Olivetti à ruban trônait sur mon bureau. Un paquet de feuilles blanches était posé dans l'une des deux corbeilles, dans l'autre, s'étalaient les papiers corrigés par mon chef, les brouillons d'articles et quelques blocs-notes bourrés d'idées griffonnées.

Monsieur Picard, le rédac-chef et responsable de l'agence, surgit du fond de la salle où une porte vitrée permettait d'accéder à son bureau. Il agita une liasse de feuillets et s'exclama :

– Mademoiselle Beaulieu, votre papier sur la place du Marché manque de matière !

– Le sujet n'est pas folichon...

– C'est ainsi que se distingue une vraie journaliste, en tirant parti de toute affaire pour la rendre palpitante ! C'est jour de marché, allez donc y faire un tour !

Monsieur Picard portait son éternelle veste en tweed marron, élimée aux coudes, un pantalon en tergal vert et des lunettes à double foyer. C'était un barbu avec un fort embonpoint entretenu par la dégustation permanente de barres chocolatées, répondant au doux nom de Milky Way. En fin de journée, il devait être en mesure de se reconstituer une tablette entière à partir des miettes de friandise égarées dans les poils de sa barbe.

Peu motivée, je trottinai jusqu'à la placette amenée à disparaître, réduisant d'autant l'espace réservé au marché bihebdomadaire. Il s'agissait, en effet, de construire un Codec avec son parking. C'était un nouveau style de magasin, appelé supérette, où l'on trouvait de l'alimentaire, des produits ménagers et des articles divers... J'y avais même repéré des vinyles : la pochette du disque *Sticky Fingers* des Rolling Stones avait durablement attiré mon regard, elle affichait un vrai zip qui s'activait sur un jean moulant le bassin très avantageux d'un garçon...

Dans la pratique, les gens pourraient se garer juste en face du magasin et décharger directement leurs achats dans le coffre de leur voiture à l'aide de petits chariots. Les habitués du marché n'étaient pas favorables à ce système de vente qui allait proposer des produits non locaux, conditionnés dans des emballages coûteux.

Sur place, j'interrogeai quelques ménagères rebelles qui ployaient sous la charge de leurs cabas débordant de victuailles. Afin de varier l'échantillon, je sollicitai l'opinion de quelques messieurs et jeunes gens qui passaient dans les parages et qui avaient des avis mitigés sur la question.

Mon patron me donna d'autres indications pour la rédaction de l'article : « En outre, vous préciserez que les travaux ont pris du retard à cause d'une pétition. De toute façon, le maire a déjà signé le permis de construire et il a vendu le terrain suffisamment cher pour ne pas revenir sur le projet... Euh, ça, vous ne le dites pas... Surtout, restez neutre, mademoiselle Beaulieu ! »

Mon texte parut deux jours plus tard et M. Picard me félicita pour mon esprit d'observation et d'impartialité. Il m'indiqua : « J'ai un autre sujet pour vous, Natalia, un petit reportage sur le bal mensuel du comité des fêtes de la ville... »

Samedi soir, j'étais, bien malgré moi, au rendez-vous fixé par Dany.

Le matin, j'étais passée au salon de coiffure, La Reine de Saba, tenu par ma mère. Fan de Gina Lolobrigida, elle avait adopté le prénom de l'actrice italienne en remplacement de celui moins avantageux de Ginette. C'était une belle femme au teint mat, aux grands yeux noirs qu'elle étirait à l'infini avec de l'eye-liner. Elle enserrait sa taille de guêpe dans de courtes ceintures. Gina était coquette et expansive, tout le contraire de mon père, Philippe, taciturne, rouquin, prof de techno, qui écoutait les Chœurs de l'Armée Rouge et Jean Ferrat. Malgré son esprit militant de gauche, il m'avait scolarisée à l'institution très catholique et huppée Notre-Dame-des-Oiseaux qui s'abritait dans un château d'époque classique sur un domaine retiré en pleine campagne beauceronne. Cette situation géographique, à l'écart de la civilisation, ôtait aux élèves pensionnaires toute envie de faire le mur ; le premier village désertifié se tenant à des kilomètres à la ronde.

Alors que je pénétrais, pour la deuxième fois de ma vie d'adulte, à La Reine de Saba, Francine, l'apprentie coiffeuse, faillit en avaler l'épingle à cheveux qu'elle pinçait entre ses lèvres. J'émis le désir d'être coiffée par maman qui s'exclama, ravie :

– Bien sûr ma chérie !

– J'aimerais un truc relevé, un genre de chignon...

– Euh... D'accord ! Mais, auparavant, je te débroussaille toute cette masse, avait-elle énoncé en farfouillant dans ma chevelure, passe au bac pour le shampoing, s'il te plaît !

Pendant que maman rafraîchissait ma coupe et que les pointes de mes cheveux cuivrés s'éparpillaient sur le sol, je subissais un flot de questions :

– Mais, c'est pour quoi au juste ?

– Je suis en mission, pour le journal...

– Sur les salons de coiffure ?

– Non, non, je vais au bal, ce soir.

– Toi ! Au bal ?

– Je t'expliquerai...

En sortant du salon, j'avais le port de tête d'une reine arborant une coiffure étagée et laquée. Ensuite, je revêtis une robe blanche qui épousait avantageusement mes formes, je me suis légèrement maquillée et parfumée. J'étais parée pour le service.

Dany piétinait, l'air impatient, au bas des marches de la salle municipale, détaillant le flot des arrivants. Il ne me reconnut pas et je dus me planter devant lui pour qu'il m'identifie. Il modula un sifflement joyeux et s'écria : « Tu es superbe ! Viens, j'ai les tickets. »

Il me saisit le bras et nous nous retrouvâmes dans une imposante pièce percée de grandes baies, au plancher ciré, au plafond mouluré duquel pendaient des lustres de cristal. À son extrémité s'élevait une estrade où étaient installés des instruments de musique.

C'est ainsi que je fis plus ample connaissance avec Dany Devil et une partie de sa famille. Un de ses frères tenait la buvette, un autre jouait dans l'orchestre en tant que guitariste.

Afin de m'épater, Dany plastronnait sur la piste de danse, en veste satinée, pantalon serré et sourire étincelant, sosie vestimentaire de Mike Brant.

Des filles, en mal de cavalier ou rencontrant un problème de pieds gonflés, s'alignaient sur des chaises disposées tout autour du parquet. Je n'étais frappée d'aucun de ces handicaps puisque Dany ne me lâcha pas d'une semelle et que je chaussais d'élégantes ballerines souples qui me permettaient des pas aériens. Mon cavalier m'embarqua dans des rocks bien balancés et tourbillonnants.

L'orchestre reprenait les standards américains de Bill Haley, Gene Vincent, Little Richard... mais aussi les tubes de cette année 1972 où faisaient fureur les chansons sirupeuses des post-Yéyés, tels que Claude François, Sheila, Michel Sardou...

Mon papier sur le bal populaire de Dreux recueillit l'assentiment de M. Picard. J'y décrivais l'ambiance bon enfant qui régnait dans ces soirées dansantes de province où se créait du lien et où se défoulait un public de tout âge. Les jeunes filles souhaitaient y faire une rencontre décisive, mais les garçons prenaient l'affaire moins sérieusement ; même s'ils envisageaient de « draguer une nana », ils étaient davantage animés par l'envie de s'amuser entre copains. Des « loubards » avinés, en blouson noir, mettaient un peu d'ambiance sauvage en fin de parcours. Les plus inquiétants étaient expédiés dehors par un balèze chargé de la sécurité.

Je m'ennuyais en dehors du boulot. Mes anciens camarades de Notre-Dame-des-Oiseaux voletaient ailleurs. Ivan, mon petit-ami en titre, était parti étudier à l'Université de Californie, à Los Angeles. Nous n'avions pas prévu de nous revoir dans un proche avenir.

En compensation, je développai une relation sentimentale avec Dany, qui m'épatait par son bagout et sa gentillesse, et nous nous sommes fréquentés tout l'été. Au mois de septembre, j'emménageai dans son unique pièce mansardée à la grande consternation de mes parents, d'autant que je déclinai de faire ma rentrée à l'université de Paris-Assas où j'étais admise pour des études de journalisme.

Heureusement, M. Picard consentit à prolonger mon contrat de pigiste. Il appréciait mon boulot et m'avait assuré que les études, c'était bien joli, mais que rien ne valait le travail de terrain pour devenir un bon professionnel.

Dany embauchait tous les matins à neuf heures et je filais au journal peu de temps après. Nous ne prenions plus notre café au *Celtique*. Je le préparais et nous le buvions sur le bord de lit, les yeux dans les yeux.

Notre couple menait une vie ordinaire, dans une petite aisance financière. Dany plaçait de l'argent sur un livret dans le but de « faire construire » la maison de ses rêves, un pavillon moderne, en bordure de ville, dans une zone nouvelle à urbaniser. Il voulait quelque chose de neuf et de fonctionnel. Moi, je préférais les « vieilles pierres », les demeures déglinguées, avec une âme. J'avais aidé mon père à la restauration d'une maisonnette de pêcheur, héritage familial perdu dans le golfe du Morbihan.

Je fus alors fascinée par mon compagnon et ne remis guère en question le schéma de vie qu'il dessinait pour nous deux. Sans que j'y réfléchisse bien, nous nous sommes fiancés en novembre.

À cette occasion, nos deux familles firent connaissance lors d'une petite réception qui se déroula dans un gîte campagnard. Mes parents n'adhéraient guère aux façons un peu rustres et à l'humour simpliste de la famille Devil. Ils envisageaient une union plus prestigieuse pour leur fille unique. Lors de la fête, je surpris les bribes d'une conversation entre mon père et Dany qui affirmait « Ne vous inquiétez pas, monsieur Beaulieu, j'aime votre fille et je vais la rendre heureuse et bientôt, nous serons très à l'aise... ». Je captai l'air assez dubitatif de mon père.

Je bus beaucoup, au point d'être malade et de me précipiter dans les toilettes pour vomir. J'avais convié quelques camarades d'école dont ma meilleure amie, Sylvie. Quelque temps auparavant, elle m'avait avoué qu'elle trouvait Dany « bien gentil », mais pas assez distingué pour moi. Ce soir, elle a, à nouveau, enfoncé le clou :

– Quand je pense que tu sortais avec le type le plus séduisant du lycée...

– Je te signale qu'Ivan m'a plantée, il est parti à Los Angeles !

– Il reviendra un jour... et comme tu seras prise, il sera pour moi !

Je faillis la gifler.

En ce début des années soixante-dix, le destin des jeunes filles était encore de se marier et d'assurer une descendance, tout comme nos mères l'avaient fait. L'esprit libertaire de Mai soixante-huit tardait à remonter en province. Dire que j'avais failli étudier à Assas !

Mais au diable la rébellion. J'étais séduite par Dany, même si de fugitives pensées me ramenaient à Ivan et à notre dernier slow langoureux sur « Smoke Gets In Your Eyes »[1], lors de la fête de fin de scolarité, après notre réussite au bachot. J'ai conçu un tel dépit de la désertion d'Ivan que j'ai renoncé à mes vacances et postulé directement pour une vacation à *L'Écho Républicain*. Dany tomba à point nommé, ce fut l'antidote à mon chagrin amoureux.

Puis, fin décembre, mon fiancé apprit qu'il devait se rendre à Saint-Jean-de-Monts. Il prépara un sac de voyage et rejoignit un rendez-vous mystérieux. Le lendemain, je reçus son appel désespéré au journal où je planchais alors sur une étrange affaire de disparition de chats. Je recueillais les témoignages de quelques personnes qui déploraient la perte de leur animal de compagnie.

Je prétextai à mon patron la poursuite de mon enquête sur les félins pour m'éclipser, car il n'y avait pas à tergiverser, je devais immédiatement prendre la route en direction de la Vendée…

***

Le temps ne s'arrangeait guère à l'approche du bord de mer. Désormais, l'ensemble du paysage était plongé dans une nuit venteuse, imprimée par le rugissement du vent. Des bourrasques chargées d'embruns faisaient tanguer la voiture et des nuages de sable s'immisçaient par les jointures fatiguées des portières.

À l'entrée de Saint-Jean-de-Monts, je remarquai un barrage de police qui filtrait les véhicules quittant les lieux.

Mon fiancé m'avait donné des consignes pour le retrouver. Je repérai la ruelle et identifiai l'hôtel à l'enseigne Les Dauphins. Je me garai au-delà du bâtiment. Je me retournai sur mon siège et levai les yeux sur la façade miteuse.

---

[1] Chanson interprétée par les Platters.

Un rideau s'agita derrière une fenêtre et, quelques secondes plus tard, Dany sortit de l'immeuble avec un gros sac. Il ouvrit la portière et se glissa avec son chargement sur le siège passager de la Simca. Il était livide et je notai que le haut de son imperméable était éclaboussé de sang. Je m'écriai :

– Qu'est-ce qui t'arrive ?

– Je suis blessé...

– Mais comment ?

– Une balle m'a effleuré le cou.

– Quoi ? C'était ça ton séminaire ?

J'examinai sa blessure suintante sous sa chevelure et je la tamponnai avec un mouchoir prélevé dans mon sac à main.

– C'est pas joli... T'as mal ?

– Ça va, je vais tout t'expliquer...

D'une voix sourde, il me narra une histoire des plus rocambolesques, et voici ce que j'en retins :

Mon fiancé avait été contacté par une bande de petits malfrats de banlieue parisienne, écumeurs de banque. Ils repéraient les succursales de province et approchaient un employé qu'ils convainquaient de s'allier à eux pour faciliter les braquages sur le site. Après le coup, la taupe gardait son emploi un certain temps afin d'éviter les soupçons, puis récupérait sa part du gâteau.

Dany avait accepté la collaboration et avait même proposé d'y participer physiquement, mais en suggérant de s'attaquer à l'agence de Saint-Jean-de-Monts où il avait fait un remplacement. Elle détenait davantage de liquidités, car elle n'était relevée que tous les quinze jours, en outre, elle était facile d'accès et située à l'écart du centre-ville.

Le jour J, trois gars avaient ramassé Dany au point de rendez-vous, puis avaient filé vers la côte atlantique à bord d'une superbe Plymouth bleu marine.

J'imaginais la luxueuse voiture se faufilant dans les rues humides de Saint-Jean-de-Monts, sous la tempête, faisant gicler les flaques d'eau. Le vent balayait des paquets de pluie qui s'abattaient sur la chaussée et les trottoirs déserts.

L'un des quatre complices devait rester au volant du véhicule garé devant la banque, prêt à démarrer. Vêtus d'imperméables mastics et de chapeaux mous, revolver à la ceinture, Dany et ses acolytes avaient débarqué à l'intérieur de la BNP.

Mon fiancé avait tout de suite remarqué que la disposition des lieux avait changé et que la porte en verre de l'entrée pouvait se bloquer par une gâche automatique actionnée du guichet. Le caissier était, désormais, isolé dans une cabine de verre, munie d'un hygiaphone, dont l'accès se faisait à l'arrière.

Les complices allaient devoir improviser un « plan B » qui leur permettrait d'accéder aux espèces selon une autre tactique.

À l'origine, Dany était en charge de la personne affectée au guichet et gérait les éventuels clients. Un deuxième gars devait braquer le caissier pendant qu'un troisième sautait par-dessus le comptoir.

Les larrons s'étaient accordés par des regards appuyés et des mimiques pour réajuster leur attaque.

Puis, Dany, dont le rôle était peu modifié, avait hurlé en dégainant son revolver : « Ceci est un hold-up ! Les mains en l'air ! », il avait menacé de son arme la guichetière occupée avec un couple de retraités et leur avait demandé de s'asseoir par terre, dos au mur. Ils s'étaient exécutés en tremblotant.

Les deux autres complices s'étaient acharnés sur la porte de la guérite qu'ils avaient fini par fracturer à coups de pied. Le caissier, d'abord réticent, avait rempli deux sacs en toile de jute, sous la menace, avec toutes les coupures dont il disposait. Les coéquipiers de Dany l'avaient aidé à la manœuvre. Puis, ils avaient balancé les sacs dans la pièce après avoir cassé la vitre de devant et assommé le caissier.

Une alarme avait dû être activée par ce dernier, car une sirène avait soudainement retenti. Un vigile armé était sorti du fond de la pièce en visant les trois braqueurs et une fusillade terrible s'était engagée faisant siffler les balles et voler en éclats le mobilier de l'agence pendant que la guichetière et les clients s'aplatissaient au sol.

Les comparses de Dany et le vigile s'étaient mutuellement touchés et s'étaient effondrés pendant que mon fiancé, atteint au niveau de l'épaule, était parvenu à s'enfuir avec l'argent non sans avoir tiré dans la porte pour décoincer la fermeture.

Dany s'était engouffré dans la Plymouth qui avait démarré en s'arrachant du sol. Au loin, les sirènes des voitures de police se faisaient déjà entendre. Le conducteur avait mené « l'Américaine » à toute allure, s'engouffrant dans des ruelles sombres. Puis les deux compères avaient décidé d'abandonner le véhicule repérable et de se séparer. Chacun emportait un sac de voyage où étaient transférés les billets et tentait sa chance de son côté. Ils se recontacteraient plus tard pour partager le magot entre survivants... Dany, blessé, avait clopiné jusqu'à l'hôtel Les Dauphins d'où il m'avait appelée et d'où il venait de ressortir pour me retrouver. Il y avait pris une chambre, dissimulant au mieux sa blessure avec une écharpe quand il s'était présenté à l'hôtelier »[2]. J'étais abasourdie par le récit de cette désastreuse aventure de Pieds-Nickelés... Et je ne savais quoi dire, sinon :

– Qu'attends-tu de moi ? Et sans rajouter « au fait, je crois bien que je suis enceinte », ce n'était vraiment pas le moment.

Dany se désola :

– Deux gars sont restés sur le carreau, notre plan B improvisé a vraiment mal tourné !

– En effet...

Puis, il me renseigna : « Comme tu n'es pas repérée, je vais te demander de repartir en embarquant le pognon que tu caches sous ton siège. Je ne peux pas venir, car il doit y avoir des contrôles aux sorties de ville, je confirmai en acquiesçant de la tête, tu planques tout ça dans un lieu sûr et je te rejoins dès que possible. »

Je n'avais guère le choix... Dany me déposa un baiser glacé sur le front. Pétrifiée par l'angoisse, je le suivis des yeux alors qu'il sortait de la voiture et retournait à l'hôtel.

Toute seule et investie d'une mission ahurissante, je redémarrai la Simca que je lançai, à nouveau, dans les rues pluvieuses. Comme prévu, je n'échappai pas au barrage de policiers. L'un d'eux s'approcha de mon véhicule qu'il me fit signe d'arrêter ; alors qu'il parvenait à ma portière, il fut soudain appelé par un collègue qui venait, manifestement, de recevoir un appel radio urgent. Je n'étais plus la proie du moment, et le flic me demanda de circuler. Dans mon rétroviseur, je vis décoller une estafette, sirène hurlante et gyrophare tournant.

---

[2] Le scénario du casse de St-Jean-de-Monts, décrit par Dany Devil, est très librement inspiré du film Un Flic de Jean-Pierre Melville.

Il était quatre heures du matin lorsque je parvins aux abords de Dreux, et je cogitais dur pour trouver une cachette au butin que je ne pouvais pas stocker chez Dany.

J'eus la solution en passant devant une zone périphérique qui comportait un ensemble de bâtiments préfabriqués, vestiges de la Cité Américaine où furent logés quelques années les soldats US ayant participé au débarquement en 1944. C'était un endroit mal famé où je traînais, autrefois, avec une bande de gamins en quête de repaire. À l'époque, des lycéens y organisaient des « soirées picole » et des SDF y squattaient. Le coin était, désormais, en totale déshérence.

Sous un ciel sans lune, je remontai un chemin pierreux guère carrossable. Au détour d'un bosquet, j'avisai le pâté des premiers baraquements et garai la Simca, prête à repartir, sur un petit parking envahi par les herbes folles et un dépôt sauvage d'ordures et de ferraille.

Chargée du sac, d'une lampe torche extraite de la boîte à gants, j'avançai précautionneusement dans une allée en dalles de ciment lézardé où je me tordis les chevilles. Je projetai le halo de la lampe sur des abris déglingués, aux façades brisées dont les battants pendaient sur leurs gonds. Il me fallait dégoter une cache dans ce hameau fantôme. Au hasard, je poussai la porte d'une bâtisse moins abîmée. Je fus assaillie par un relent ignoble de putréfaction, au point qu'un haut-le-cœur vint mourir dans ma gorge. La pièce où j'entrai comportait des établis chargés d'instruments et de récipients métalliques, de bocaux contenant des produits chimiques...

Des cris suraigus me parvinrent d'une pièce d'à-côté dont la porte était fermée par un cadenas que je fis sauter à l'aide d'une pince rouillée qui traînait par terre. J'éclairai l'espace suivant et découvris avec stupéfaction une multitude de cages renfermant des chats de toutes races qui miaulaient de terreur. Les petites bêtes, entassées et affolées, crachaient, grondaient, en tournant dans leur prison. Quelques petits corps sans vie étaient entassés dans une caisse en bois où ils se désagrégeaient.

Cette découverte fortuite m'éclaira d'un coup sur le « mystère des chats volatilisés ». J'avais déjà entendu parler de ce genre de trafic qui alimentait certains secteurs douteux, tels que le marché noir, les expériences de laboratoire, voire la consommation alimentaire...

De plus en plus perturbée par tous ces événements hallucinants qui s'abattaient sur moi depuis vingt-quatre heures, je me détournai de ce lieu d'épouvante.

Je fus prise de vertiges, sans doute causés par le stress, la fatigue, la faim... Je respirai profondément afin de récupérer mes esprits et de réoxygéner mon cerveau engourdi par les émotions. Je n'oubliais pas ma mission première...

Je repris le chemin crevassé et parvins à l'avant-dernière baraque. Elle était jouxtée par une chaufferie en parpaings qui avait l'air de tenir debout. À l'intérieur se tenaient une chaudière vétuste et des tonneaux. Je posai la torche sur un bidon en métal et repérai une mini-trappe en béton. Je me fusillai les ongles en tentant de la soulever à l'aide de son anneau en fer. Je mis à jour une cavité sèche et vide et j'y plongeai le sac. Je replaçai le couvercle et fis rouler le bidon par-dessus. Mon trésor était désormais à l'abri, personne ne viendrait le chercher là...

Lorsque je ressortis de l'appentis, je m'aperçus qu'un important brouillard était tombé, recouvrant les contours des maisons délabrées. Désorientée, j'hésitai sur la direction à prendre... Le faisceau de ma torche ne perçait pas le voile opaque. À travers le silence cotonneux, j'entendis le claquement d'une portière et des éclats de voix. En alerte maximum, je tendis l'oreille. Le bruit se rapprochait de la voie sur laquelle je m'étais figée. Je pensai qu'à cette heure et en ce lieu, il ne pouvait s'agir que des trafiquants de chats... J'espérais qu'ils n'avaient pas repéré la Simca. Avec cette brume, j'avais une chance qu'elle soit demeurée invisible. Je quittai l'allée pour me glisser entre deux baraques, j'allais longer les bâtiments côté jardin afin d'éviter une mauvaise rencontre...

Je m'embourbai jusqu'aux chevilles et me faufilai vers ce que je pensais être la sortie du lotissement. Manifestement, les visiteurs du soir étaient parvenus à la prison des chats près de laquelle je devais repasser ; je les entendis s'exclamer depuis le jardinet embroussaillé situé à l'arrière de la bicoque.

J'avançai aussi vite que possible malgré l'obscurité et les branchages qui me griffaient les joues. Au bout d'un temps suffisant, je bifurquai pour remonter sur la voie dallée. Je reconnus le secteur, ma voiture ne devait plus être très loin. Je débouchai enfin sur le parking défoncé. Je ne remarquai pas le véhicule des truands, mais le site déployait plusieurs accès… En revanche, il me sembla apercevoir une lueur tremblée et des ombres mouvantes au fond de l'allée que je venais de quitter.

Je débloquai la serrure de la Simca et m'installai au volant en évitant de claquer ma portière. Comment démarrer sans faire de bruit ? Il s'agissait d'être rapide.

Je mis la clef dans le contact, mais le démarreur ne se lança pas. Cela arrivait parfois, car la batterie était faible et l'air humide n'arrangeait rien... J'entendis des vociférations. Terrifiée, je tournai la clef une deuxième, puis une troisième fois, et le moteur s'emballa. J'allumai les phares et vis, dans le rétroviseur, deux silhouettes foncer dans ma direction. Je desserrai le frein et propulsai la Simca 1000 sur le chemin accidenté du retour. Un autre coup d'œil dans le rétroviseur m'indiqua que les poursuivants s'accrochaient à la course.

J'accélérai. La voiture bondit sur les cailloux et je faillis virer au fossé tellement mes doigts tremblaient sur le volant.

J'accédai enfin à la route départementale que j'avalai et parvins aux faubourgs de la ville. Je me détendis et tentai d'approfondir mes réflexions ; je réalisai que je venais de me fabriquer un puissant alibi...

Si Dany se faisait prendre, mon emploi du temps serait nécessairement vérifié. Avec cette « deuxième affaire » qui venait de me tomber dessus, je pourrai prétendre avoir été occupée toute la nuit.

Je mis au point un scénario tout en filant à la gendarmerie. Il était près de six heures du matin.

Je ne me forçai pas beaucoup pour endosser le rôle de la fille traumatisée par sa découverte qui bégaya son invraisemblable histoire à l'agent qui venait de prendre son service. Je rajoutai que j'étais une journaliste qui enquêtait sur la disparition des félins du coin. J'avais suivi une piste et découvert l'endroit où étaient retenues les pauvres bêtes... Il fallait se dépêcher d'intervenir, car les malfaiteurs étaient encore sur place.

Le gendarme prit un temps de réflexion, se demandant si je ne lui racontais pas des bobards. Pour le convaincre, je lui agitai ma carte de presse sous le nez. Enfin, il se décida et rameuta ses collègues disponibles. Une fourgonnette bleue fila à la *Cité* en ruines. Les services vétérinaires étaient avertis et devaient suivre.

Je rentrai directement à l'appartement me réfugier sous la couette et m'engloutir dans un sommeil de plomb. Je n'étais plus bonne à rien et j'avais eu ma dose de catastrophes... Je fis des cauchemars chargés de tempêtes, de flingues, de types grimaçants couverts de sang qui me poursuivaient...

Le surlendemain, *L'Écho Républicain* titrait : *Le mystère des chats disparus résolu par une stagiaire du journal !* J'étais la vedette du jour. Il était expliqué qu'un commerce de chats volés, retenus dans l'ancienne Cité des Américains, avait été démantelé grâce au courage et à la sagacité d'une jeune fille, apprentie-journaliste. Une cinquantaine de félins, dont certains dans un état critique, avaient été retrouvés vivants. Ils seraient tous examinés et soignés avant d'être remis à leur propriétaire. Malheureusement, les malfaiteurs avaient pris la fuite avant l'arrivée des forces de l'ordre. Ils seraient vraisemblablement rattrapés, car un portefeuille avait été trouvé sur place...

Cette information locale explosive masqua l'entrefilet qui relatait un braquage à la BNP de Saint-Jean-de-Monts, la même nuit.

En revanche, la presse parisienne titra à la Une de ses journaux, « *Hold-up sanglant à Saint-Jean-de-Monts* », et retraça l'équipée dont j'appris ainsi la fin : Dany avait été cueilli à son hôtel au petit matin, peu de temps après m'avoir vue ; probablement dénoncé par l'hôtelier... Le vigile et l'un des deux gangsters étaient décédés dans la banque, l'autre était hospitalisé dans un état critique. Le conducteur de la Plymouth avait été débusqué dans un bois avec la moitié du butin.

L'enquête remonta jusqu'à la perquisition du domicile que j'occupais avec Dany. Grâce à mon fameux alibi, je ne fus pas trop inquiétée. En outre, toute la ville était derrière moi, un comité de soutien s'était constitué afin de m'épauler dans mon malheur. J'étais la jeune et vaillante héroïne qui avait été dupée par son bandit de fiancé.

Je retournai vivre chez mes parents, profondément désolés, d'autant que, comme je le redoutais et ainsi que le confirma mon médecin, j'étais enceinte... de deux mois.

La veille d'obtenir un sésame pour visiter Dany à la prison de Fresnes, son avocat m'annonça que mon infortuné fiancé était décédé d'une crise de tétanos foudroyante. Il avait été transporté trop tard à l'hôpital. Je me surpris à être davantage affectée par le fait que mon enfant n'aurait pas de père que par la peine occasionnée par le décès de ce dernier. En réalité, je m'étais emballée dans ma relation avec Dany Devil. Je n'en étais pas vraiment amoureuse.

Le vide s'était fait parmi les braqueurs de Saint-Jean-de-Monts ; deux étaient morts, deux rescapés moisiraient en prison. J'étais la seule à détenir l'entière vérité, ainsi que l'autre moitié du magot.

En attendant que les affaires se tassent, je continuai mon travail à *L'Écho Républicain* où M. Picard, très fier de moi, m'assurait un emploi à vie !

Puis, j'appris qu'un programme de démolition de la Cité Américaine allait s'opérer pour une reconquête du secteur. Enceinte de six mois, j'étais retournée sur place en frissonnant ; l'endroit était toujours aussi lugubre et me rappelait de bien mauvais souvenirs. J'avais récupéré, dans l'appentis, le sac au contenu intact. Je louai un coffre à la BNP de Chartres... pour y stocker les billets non numérotés.

Soulagée, je menai tranquillement ma fin de grossesse et les débuts de ma maternité.

Lola naquit le 16 juillet 1973.

Je renouai avec certains copains du lycée Notre-Dame-des-Oiseaux. L'un d'eux m'annonça avoir rendu visite à Ivan, à l'UCLA[3], et il me donna de ses nouvelles... Ce dernier se plaisait bien à l'université de Californie où il suivait un enseignement sur le cinéma et la musique. Mon copain décrivait un mode de vie et une

---

[3] University of California, Los Angeles

ambiance fabuleux dans ce coin de paradis. Un monde de rêveurs et d'utopistes, de pacifistes et de musiciens marquait le territoire de Los Angeles à San Francisco. Je trouvais cela très excitant, mais concevais beaucoup d'amertume qu'Ivan ne m'ait jamais contactée. C'est pourquoi je fus extrêmement surprise et heureuse de découvrir dans la boîte aux lettres de mes parents, un an pile-poil après le casse vendéen, une lettre en provenance de Californie.

Elle vint me réchauffer dans ce rude hiver qui nappait la campagne de neige et transformait les trottoirs en patinoire.

Je lus et relus avec fébrilité et enthousiasme la missive composée de cinq feuillets roses tracés de l'élégante écriture d'Ivan et constellés de notes de musique. Mon ex-petit ami me racontait ses occupations, ses études... Il me parlait des gens qu'il rencontrait, des plaisirs de la vie en communauté, du partage et de l'amitié... Il réalisait des courts-métrages sur des bandes de musiciens, issus du mouvement rock psychédélique, qui se produisaient dans les bars et dont les modèles étaient les Doors, le Jefferson Airplane, le Grateful Dead... Lui-même perfectionnait son jeu de guitare et jouait dans des groupes quand l'occasion se présentait. Ivan sous-entendait qu'il ne m'avait pas oubliée, il souhaitait me revoir et il m'attendait.

Cela me semblait parfaitement palpitant et très prometteur.

Quand Lola atteignit sa première année, je pensai qu'il était temps, pour nous deux, de voir d'autres horizons... Los Angeles m'apparut un premier point de chute idéal. J'envoyai, à mon tour, un courrier à Ivan, lui précisant le jour et l'heure de mon arrivée, sans ajouter que je serai accompagnée.

Je n'attendis pas sa réponse. Lestée d'un maigre bagage et d'un bon pécule, j'embarquai avec ma fille à l'aéroport d'Orly.

En descendant la passerelle de l'avion à LAX[4], Lola dans les bras et le cœur battant fort, je cherchai des yeux le brun Yvan. Je finis par le distinguer, émergeant de la masse, bronzé et magnifique. Il nous avait remarquées et un sourire de plus en plus large s'étendait sur son visage au fur et à mesure que j'avançais vers lui...

---

[4] Aéroport international de Los Angeles

Une partie de 421

Je lançai les dés. La partie s'engagea...

Hier encore, j'étais une jeune femme exemplaire, pourvue d'une situation honorable. Aujourd'hui, je jouais mon avenir au 421 et mon vis-à-vis était bien décidé à ne me laisser aucune chance. Il affichait un air déterminé et maniait les dés d'une main experte.

Mon adversaire et moi étions encouragés par des individus excités qui se répandaient en invectives. Déshydratée par l'angoisse et la chaleur qui régnait dans le bar enfumé, je déglutis ma salive avec peine dans ma gorge serrée.

Je recevais le souffle tiède du garçon penché au-dessus de mon épaule et dont la présence nuisait à ma concentration. Mon esprit divagua, je repensai à mon parcours de ces derniers jours où ma vie avait pris un curieux virage…

***

J'ai grandi à Saumur, ville historique, sise sur les bords de la Loire, où dominait le célèbre château médiéval, joliment reproduit dans le manuscrit *Les Très Riches Heures du duc de Berry.* Mon père, Léon Delmas, militaire à la retraite, fut assigné à résidence dans cette sous-préfecture de l'Anjou par mesure de rétorsion à sa participation active au putsch des généraux d'Alger, en 1961.

À l'issue d'une enfance sage et cadrée, d'une scolarité studieuse, j'obtins un bac littéraire avec mention très bien. Puis, je ralliai la capitale pour intégrer l'école de sciences politiques, après avoir réussi le concours d'entrée, avec le projet de me former aux métiers de la presse.

Je fus hébergée rue des Saints-Pères dans une chambre de bonne au dernier étage d'un immeuble appartenant à l'un de mes oncles. Je suivis mes études avec beaucoup de sérieux et d'assiduité, malgré les multiples incitations à faire la fête de la part de mes cousins Maxence et Ambroise, respectivement étudiants en droit et en médecine. Ces deux-là ne perdaient pas une occasion de briller dans les soirées fréquentées par la jeunesse parisienne fortunée.

Durant cette période, ma vie se résuma à la fréquentation de l'université, des salles de documentation et autres bibliothèques... Pour toute distraction, je secondais ma tante lors de galas de charité. Elle me traînait dans ses réunions caritatives où j'aidais au service et au vestiaire. Il fallait bien que je me rende utile en échange de la mise à disposition de ma chambrette.

Rue des Saints-Pères, je préférais prendre des collations à l'office. À certaines occasions, je sacrifiais à de traditionnels repas familiaux, pris dans la vaste salle à manger au décor cossu.

Je me perfectionnais dans la voie du journalisme, ce qui m'amena à rencontrer des personnes influentes lors de stages dans les services de rédaction des différents organes de l'information. À l'issue de quatre années d'études, munie d'un diplôme de journaliste de presse en poche, je fus recommandée pour un poste de chargée de communication au cabinet du ministère de l'Urbanisme, situé boulevard Saint-Germain. J'obtins cet emploi dès le mois de juillet après une sévère sélection d'embauche.

Je faisais équipe avec Vincent, un jeune énarque bourré d'ambition, mais non dénué d'un certain esprit caustique, pour écrire les discours du ministre sous l'autorité du Secrétaire général. Nous occupions un minuscule bureau, encombré de bouquins et de dossiers, à l'écart des lambris dorés et des lustres de cristal du superbe hôtel particulier.

Cette année 1981 était prometteuse pour la nouvelle majorité ainsi que pour ma carrière. À vingt-trois ans, j'étais une jeune femme déterminée et volontaire, prête à côtoyer la haute sphère politique et à fréquenter les antichambres du pouvoir. Pour parfaire ma situation, il ne me restait plus qu'à convoler avec un époux digne de mon statut...

En réalité, je n'étais guère pressée de me faire passer la bague au doigt. Ma vie sentimentale se résumait à quelques bisous volés lors de boums adolescentes et à un flirt poussé à l'occasion du bal de fin de promo de Sciences Po... J'étais une nature vierge de toute expérience amoureuse passée et présente. Mon allure ordinaire et discrète n'attirait guère les regards masculins ; ma garde-robe de représentation se composait de trois tailleurs-jupes dans les tons beige et gris, assortis de chemisiers blancs et de mocassins. Mes cheveux étaient serrés dans un chignon et je ne portais aucun maquillage.

Je ne buvais pas d'alcool, je ne sortais pas dans les endroits tendances et j'avais peu d'amis ; la plupart de mes relations et les réceptions auxquelles j'assistais étaient en lien avec mon activité professionnelle. J'assumais parfaitement ma situation, et si je me sentais vaguement décalée, c'est parce que mon entourage s'étonnait de ma nature solitaire et réservée.

Vincent et moi travaillions tard toute la semaine. Chaque soir, un chauffeur du ministère nous déposait à notre domicile respectif. Mon collègue descendait en premier, rue de Sèvres, pressé de retrouver sa fiancée, Églantine, une fille à papa sophistiquée et délurée qui fréquentait le Tout-Paris du spectacle. Vincent nous avait présentées et, régulièrement, elle me sollicitait pour des sorties. Elle prétendait que j'étais une fille exotique dans mon genre et qui *déchirait grave*...

Lorsque je réintégrais mon logement du VIe arrondissement, je passais par la cuisine pour grignoter un morceau.

En début de semaine dernière, je tombai sur mes cousins qui se goinfraient de cuisses de poulet en descendant des bières. Ils levèrent sur moi un regard d'allumés et Maxence émit : « Eh cousinette, avec Ambroise, on se demandait si t'avais déjà couché ? »

Ils se gondolèrent d'un rire gras et je les toisai sans daigner répondre, puis j'ouvris la porte du réfrigérateur.

Ambroise enchaîna :

– Léonie, en l'absence des parents, on organise une mégafête samedi prochain pour se mettre dans l'ambiance de la rentrée à la fac et t'es invitée ! Tu dois sortir de ton trou de souris qui sent le moisi !

– Je n'ai pas l'avantage d'occuper, comme vous, une belle pièce à l'étage noble...

Maxence poursuivit :

– Je parie ma chambre contre la tienne que t'es pas capable de te pointer avec un petit ami à la soirée...

Ces deux-là m'horripilaient au plus haut point, et je leur jetai, « Pari tenu, les macaques ! ». Ils m'avaient coupé l'appétit et je quittai la pièce, me ruant dans l'escalier de service pour aller me réfugier dans mon cagibi.

J'avais cinq jours pour respecter ma promesse.

Dès le lendemain, au ministère, j'étudiai la gent masculine qui naviguait, l'air pressé et affairé, dans les couloirs. Je posai un autre regard sur Vincent. Il dut me trouver curieuse, car il me demanda si j'étais souffrante.

– Mais, non !

– T'as des yeux bizarres.

– Ce doit être parce que je les ai maquillés.

– Ah oui ! Sûrement.

Ma quête s'avérant compliquée, j'exposai mon problème à mon binôme, lors d'un déjeuner au restaurant administratif, le priant de tenir le rôle de cavalier d'un soir. Vincent se moqua de mon challenge, « Mais qu'est-ce que t'en as à foutre de ces guignols ? Je ne peux pas te rendre ce service, Églantine est très jalouse, désolé... »

Vendredi soir, après le boulot, j'acceptai la proposition de Vincent d'aller boire un verre aux *Caves du Boulevard Saint-Germain*, un bar à musique où il devait retrouver sa fiancée. Il se justifia, « Je te sens tendue, Léonie, décompresse un peu... » Nous y allâmes à pied. Je portais, à bout de bras, la mallette renfermant les prochains discours et communiqués du ministre et qui ne nous quittait pas. Vincent ou moi la ramenions chez nous, à tour de rôle. Il nous arrivait de peaufiner les textes, en soirée, et de nous joindre au téléphone, sur le sujet.

Alors que je descendais les marches du caveau bondé, je fus saisie par les sonorités rock'n'roll d'un groupe qui se produisait au fond de la salle voûtée. Je jouai des coudes pour m'avancer dans la foule. Vincent me rejoignit et me colla un verre entre les doigts :

– Tiens ! Ça va te faire du bien.

– C'est de l'alcool ?

– À peine, c'est du punch, bois !

Je m'exécutai et trouvai le breuvage agréablement doux et sucré. Sur la scène minuscule, trois types, tout de noir vêtus, s'échinaient sur leurs instruments. Vincent me cria à l'oreille que le groupe appartenait à la catégorie « électro-post-punk » et qu'il faisait partie de la scène musicale indépendante… Il précisa :

– D'après Églantine…

– Tu m'en diras tant ! lui répondis-je, tout en sirotant mon punch.

Toutefois, les accents de voix rocailleux et écorchés du chanteur-guitariste me touchèrent et je le détaillai. Il arborait une chevelure noire, en pétard, les manches retroussées de son blouson en cuir râpé laissaient voir les tatouages bariolés qui sillonnaient ses avant-bras. Il agitait spasmodiquement sa guitare et trépignait sur place, braillant dans un langage incompréhensible.

Tout devant lui, je remarquai Églantine, déchaînée, qui dansait en moulinant des bras et des jambes. Manifestement, elle connaissait le groupe, car, à l'issue du concert, elle vint vers nous pendue au bras du chanteur et fit les présentations. Il s'appelait Dimitri et me lançait des regards sombres à travers les mèches rebelles qui balayaient son front. Il fit jaillir une cigarette d'un étui argenté pêché dans la poche intérieure de son blouson, il m'en proposa une, « Non, merci », lui opposai-je.

Dimitri alluma sa cigarette et fit vibrer sa voix de basse, « Je m'en doutais », puis, il rajouta, « Je te paie un coup au bar », sans attendre ma réponse, il agrippa mon bras et m'entraîna.

Décidément, tout le monde voulait me faire boire ce soir. J'eus juste le temps de saisir la mallette noire que j'avais posée au sol et de faire un petit signe à Vincent qui commençait à roucouler avec sa fiancée. Mon nouveau partenaire me mena au comptoir. Je me juchai sur un tabouret qui venait de se libérer, en tirant sur ma jupe droite, sacoche coincée entre les mollets. Dimitri me reluqua les jambes et émit :

– Qu'est-ce que tu trimballes là-dedans ?

Je posai un doigt sur mes lèvres :

– Chut, c'est top secret...

– T'es stylée dans ton genre, tu pourrais m'être d'une grande source d'inspiration, dit-il en me décochant un sourire charmeur, j'écris les textes des chansons du groupe.

– Ah ? Bravo, ils me semblent d'une grande subtilité…

– C'est de l'ironie ? souffla-t-il en m'envoyant la fumée de sa cigarette sous le nez.

– Même pas...

Nous n'eûmes pas le temps de prolonger ce passionnant aparté, car un groupe de policiers apparut en haut de l'escalier qui menait à la salle. La musique d'ambiance et le bruit des conversations cessèrent. Un flic en civil, qui dirigeait l'opération, aboya à l'attention de la clientèle qu'elle devait se soumettre à un contrôle d'identité et à une fouille.

Un murmure désapprobateur s'éleva dans la salle. S'ensuivirent des cris et une légère bousculade qui me fit dégringoler de mon tabouret. Je fus projetée contre Dimitri. Je le repoussai alors qu'il tardait à se dégager, il se détourna, puis il s'évanouit dans la foule. Je cherchai fébrilement la sacoche que j'avais perdue dans le mouvement de panique et je la retrouvai plus loin, toute piétinée.

Je fus rattrapée par Vincent remorquant une Églantine totalement excitée qui braillait : « Ils recherchent sûrement de la drogue ! ». Vincent la fit taire et me demanda de le suivre. Il eut un bref échange avec le policier qui filtrait les gens en bas des marches à qui il exhiba une carte de service tricolore et nous passâmes tous les trois illico.

– Où est Dimitri ? me demanda Églantine quand nous atterrîmes sur le trottoir.

– Il s'est évaporé, pfuit…, répondis-je.

– Il est bizarre ce mec, renchérit Vincent, tu le connais bien Églantine ?

– Il traîne souvent aux Caves et dans les boîtes rock. C'est une figure de la nuit…

– Ouaip, c'est un drôle d'oiseau, rajouta Vincent, bref, on rentre.

Il héla un taxi qui passait et me demanda :

– On te dépose Léonie ?

– Non, non, je préfère marcher, j'ai besoin de me détendre les jambes. Je garde la mallette et je t'appelle ce week-end, si besoin...

Je les embrassai tous les deux et filai sur le trottoir. Je respirai profondément pour me défaire d'une oppression thoracique. Cette étrange soirée me laissait une sensation de malaise et de nausée. Des images de Dimitri flottaient dans ma tête et je ne pouvais les évacuer. Parvenue dans mon pigeonnier, je me couchai, mais je tournai en rond sur mon matelas, bien trop énervée pour trouver le sommeil.

Je m'assis dans mon lit et entrepris de relire la prochaine intervention du ministre qui devait s'exprimer sur une radio nationale, jeudi prochain. J'ouvris la mallette. Au milieu des feuillets parmi lesquels je cherchai en vain le discours à finaliser, qui traitait d'un projet de recyclage des déchets selon une méthode expérimentale et révolutionnaire, je découvris un sachet en plastique rempli d'une poudre blanche.

Le cœur battant la chamade, les doigts tremblants et le cerveau en ébullition, je décollai l'ouverture de la pochette dont je reniflai prudemment le contenu ; il dégageait une odeur âcre. Je trempai les doigts dans une poudre très fine et je suçotai les quelques grains qui s'accrochèrent à mon index. La substance me picota la langue, puis je sentis mon cœur s'emballer et ma respiration s'accélérer. Je me levai d'un bond et me mis à arpenter mon cagibi.

Mon esprit carburait, qu'est-ce que c'était que ce truc ? Je repensai à la descente de police dans la boîte et à l'exclamation d'Églantine… J'avais, sans doute, récupéré de la drogue lors de mon passage aux Caves. Je me précipitai sur mon encyclopédie *Universalis* et je dépouillai les pages à la lettre D ; vu mon état, je me renseignai sur les produits excitants et j'optai pour de la cocaïne.

Je me gardai d'appeler Vincent, il valait mieux que je gère seule ce problème.

D'abord, je devais me débarrasser du produit encombrant. Je commençai à le répandre dans la cuvette des toilettes, mais je suspendis mon geste, car le visage de Dimitri me retraversa l'esprit. Le garçon, qui m'avait collée pendant la soirée, était probablement lié à cette affaire, je devais le revoir.

Je planquai le reste de la drogue sous mon matelas. Quand je pus enfin m'endormir, je naviguai au centre de cauchemars, baignant dans une musique oppressante, peuplés d'individus hostiles et de nuages de cocaïne...

Le lendemain matin, j'appelai Vincent pour lui avouer que le discours avait disparu, il m'engueula et me demanda de le réécrire. Dans l'immédiat, il devait accompagner le ministre pour un déplacement en province et ne pouvait m'aider. Je dus retourner au bureau pour plancher sur le communiqué.

En fin de journée, dès que je franchis les grilles du ministère, je fus cueillie sur le trottoir par un Dimitri très agité :

– C'est à cette heure-là que tu sors ! Tu bosses le samedi ?

Je le regardai, ahurie :

– Ça m'arrive, oui…

– J’ai téléphoné à Églantine, elle m'a dit où tu travaillais, il enchaîna abruptement, tu as quelque chose qui m’appartient…

Je montai le ton :

– Toi aussi ! Je me doutais que tu faisais partie de ce mauvais plan !

– Calme-toi, où est-ce ?

– Chez moi...

– On y va.

Je n’allais pas finasser. Nous avançâmes sur le boulevard. Je demandai :

– T'es un genre de dealer ?

– Tu crois que mon boulot de musicos me rapporte suffisamment pour vivre ?

– Ben, j’en sais rien.

– Mon groupe ne s'appelle pas Indochine ou l'Affaire Louis Trio.

– Il s'appelle comment ?

– Les Dirty Angels.

– En effet...

À destination, nous perçûmes de la musique qui se déversait de l’immeuble dans la rue des Saints-Pères. Dimitri s’écria, « Il se passe un truc ici ! »

J'avais complètement oublié la party et mon pari… Nous franchîmes la porte et montèrent l’escalier jusqu’à l’étage où se tenaient les festivités. Des convives étaient répandus le long des marches, ils braillaient en brandissant leur verre et s’éclataient en rires frénétiques. Une idée me traversa l'esprit et je jaugeai mon compagnon ; j’eus envie de jouer, je lui adressai un sourire enjôleur et lui saisis la main. Il s’exclama :

– Dis donc, t'es vachement mignonne quand tu veux !

– Et encore, t'as pas tout vu !

Je l'entraînai dans l'une des salles de bain et je refermai la porte sur nous. Je me plaquai devant le lavabo, face au miroir où se reflétèrent nos deux personnes ; lui, noir vêtu et débraillé, dégageant un charme sexy de mauvais garçon ; moi, serrée dans mon tailleur pied-de-poule. J'ôtai ma veste et fis sauter les premiers boutons de mon chemisier qui dévoila le haut de ma poitrine. Dimitri s'écria :

– Tu vas me faire un strip-tease ?

– Rêve pas !

Je retirai les pinces de mon chignon et secouai la tête, mes cheveux se répandirent en vagues lustrées sur mes épaules. Je raccourcis la hauteur de ma jupe en resserrant d'un cran la fine ceinture qui ceignait ma taille.

Dimitri me contempla, amusé :

– À quoi joue-t-on jolie brunette ?

– Veux-tu être mon fiancé d'un moment ?

– Ça dépend du bénéfice...

– Sois chevaleresque !

Je lui repris la main pour sortir, de l'autre côté, ça grouillait de monde. Nous déboulâmes dans le salon où la musique explosait, les gens dansaient sur des rocks endiablés. Ambroise pelotait une fille court vêtue sur un canapé. Je repérai Maxence qui s'activait derrière la platine-disque. Après un morceau d'Eddie Cochran, il changea de registre et la voix de Percy Sledge s'éleva, magnifique... Après quelques notes d'orgue, le chant démarra, « *When a man loves a woman...* » Cette chanson me transportait au plus haut point... Je n'avais pas lâché Dimitri. Je levai les yeux sur lui et nous échangeâmes un regard troublé ; puis, je me collai à lui, l'entourant de mes bras. Ses doigts cramponnèrent ma taille. Il murmura à mon oreille :

– Je n'ai pas dansé de slow depuis la 6e…

– Moi, depuis la terminale...

Mon cavalier émit un rire et je coinçai ma tête dans le creux de son épaule. Nous tournoyâmes sur le parquet. J'eus la vision fugitive d'Ambroise qui nous regardait avec une mine stupéfaite. À la fin du morceau, Dimitri me roula un patin d'enfer qui m'irradia dans tout le corps. Je me séparai de lui, toute molle. Il me souffla « On boit un coup et on file... » Il nous trouva deux bières sur l'un des buffets. Je tétai le goulot de la mienne avec avidité. Je me lâchais, ce soir… Je posai un regard circulaire sur l'assemblée qui tourbillonnait dans la pièce. Ambroise avait rejoint son frère et pointait du doigt dans ma direction.

En nous frayant un chemin pour sortir de la pièce, Dimitri et moi passâmes devant mes cousins interloqués. Je leur dédiai mon plus beau sourire avec un clin d'œil, en lançant, « J'ai gagné ! ».

Je montai jusqu'à ma chambrette, mon cavalier sur les talons. Je commençai à craindre sérieusement sa réaction. Et, en effet, il se mit à hurler à la vue de son paquet de drogue :

– Qu'est-ce t'as fait du reste ?

– Euh, je l'ai jeté…

– Non, mais t'es conne ou quoi ?

– J'en ai gardé la moitié…

Dimitri tourna en rond dans mon réduit, se cognant aux meubles comme un chien enragé. Il s'assit et se prit la tête entre les mains, il pesta :

– Je me doutais que tu ne serais pas fouillée par les flics, aux Caves, j'ai ouvert ta foutue mallette et j'ai planqué la coke dedans. Je comptais la récupérer dès le lendemain, évidemment...

– Et tu as pris mes documents !

– Ouais, en monnaie d'échange au cas où tu ferais des problèmes… Et maintenant, je suis dans la merde, Marcus va me tuer.

– Qui c'est ?

– Mon fournisseur.

– On va le trouver, je vais lui expliquer.

– T'es dingue ! Bon, j'me casse.

– Où tu vas ?

– T'occupe, j'vais réfléchir.

Dimitri embarqua le reste du sachet et sortit. Je lui criai « Et mon discours ! ». Seuls les bruits du claquement de la porte et du dévalement de Dimitri dans l'escalier me répondirent.

Je passai une deuxième nuit pénible où je m'entortillai, ruisselante de sueur, dans mes draps. En début de matinée, dans un état comateux, je pris une douche. Je passai mon jean 501 délavé, un pull usagé et une vieille paire de baskets ; c'était ma tenue de prédilection pour flâner dans les rues de Paris. Je relevai ma tignasse en une queue-de-cheval et pointai mon nez hors du nid.

À l'étage au-dessous régnait un monstrueux bazar. Le salon et la salle à manger étaient encombrés de verres et de bouteilles vides, de cendriers pleins ; des assiettes et des couverts sales s'étalaient sur les tables et les tapis coûteux. Des vêtements s'éparpillaient sur les fauteuils et les canapés où étaient affalés les derniers fêtards encore abrutis par l'alcool. Il n'y avait nulle part trace de mes cousins, je leur souhaitais bien du plaisir pour la remise en état des lieux. Je ne voulais pas être à leur place quand mon oncle et ma tante reviendraient.

Je sortis de l'immeuble et respirai l'air frais avec avidité. Plus loin, je m'installai à une terrasse et commandai un double café dans lequel je trempai un croissant. J'appréciais les dimanches matins à Paris, l'ambiance était détendue, les gens circulaient sur les trottoirs en sifflotant, mes voisins lisaient le journal en sirotant leur café. Puis, je me dirigeai chez Vincent. Il mit du temps à répondre à l'interphone :

– C'est qui ?

– Léonie.

– Entre.

Il débloqua la porte et je m'engouffrai dans l'immeuble. Mon collègue se tenait, la mine chiffonnée, sur le seuil de son appartement. Encore un qui avait fait la fête, la veille.

– Qu'est-ce que tu veux ? On n'a pas prévu de bosser, aujourd'hui.

– As-tu l'adresse de Dimitri ?

– Dimi… ah oui ! Je vais demander à Églantine, entre.

Je patientai dans le couloir où Églantine apparut, vêtue d'une seule chemise d'homme. Elle s'exclama :

– Vous vous courez après tous les deux ! Qu'est-ce que t'as Léonie ? T'es amoureuse ?

– Alors là, pas vraiment...

Elle rit, puis me renseigna. Dimitri n'habitait pas très loin, dans le XIVe arrondissement, du côté de Montparnasse. Je pris le bus pour me rendre chez lui. Les immeubles étaient plus modestes que dans mon quartier. Il n'y avait pas de portier en bas de celui de Dimitri et je m'engageai dans l'escalier en colimaçon. Essoufflée, je frappai à l'unique porte du dernier palier, longtemps… J'allais repartir lorsqu'elle s'ouvrit sur un Dimitri torse nu et en caleçon. Il était tout ébouriffé et l'air peu amène, les tatouages qui sillonnaient ses bras se rejoignaient sur sa poitrine et dessinaient des arabesques à motif tribal. Il grogna en me voyant « Le cauchemar continue… Qu'est-ce que tu veux ? »

Je n'étais pas la bienvenue ici, non plus, et me fis l'effet d'être l'emmerdeuse du moment.

– Je peux entrer ?

– Non !

– Pourquoi ?

– Tu fais chier Léonie, dégage…

– Tu peux me rendre mon discours ?

Dimitri me claqua la porte au nez et je m'acharnai dessus en tapant sur le panneau en bois du plat de la main. Je hurlai, déchaînée, « Rends-moi mes docs, c'est très important ! »

Le battant s'ouvrit au moment où j'allais abandonner. Dimitri avait passé un T-shirt et un jean troué, il lança, « Entre... » ; puis, il me tourna le dos et je le suivis à l'intérieur. La pièce principale était éclairée par une lucarne qui s'ouvrait entre deux poutres. Sur les sièges et les étagères, traînaient pêle-mêle, des fringues, des revues, des pochettes de disques. Sur la table basse s'entassaient des emballages de pizza, des verres et des bouteilles vides, des assiettes remplies de mégots. Dimitri indiqua :

– Assieds-toi où tu peux. Vire des trucs. Tu veux un café ?

– Je veux bien, merci.

Je posai une demi-fesse sur l'assise d'un fauteuil Chesterfield fatigué. Mon hôte disparut dans une pièce attenante que je supposai être la cuisine. Je l'entendis farfouiller et activer le robinet d'eau. Il revint avec deux mugs de café fumant et en posa un devant moi.

– Tu veux du sucre ?

– Non, merci.

Il s'assit en face de moi, sur le canapé. Il alluma une cigarette, but une gorgée de café et avança :

– Je viens de réfléchir...

– Tu peux ?

– Chut ! J'ai lu l'intervention que doit faire ton ministre sur Radio F, jeudi prochain, c'est très instructif...

Ma gorge se serra.

– Le texte doit rester secret d'ici là.

– Je m'en doute, annoncer la construction de la plus grande centrale de traitement de déchets dans la banlieue d'une grande ville, qui n'en voulait pas, c'est tendu. Je pourrais couper court à l'effet de surprise, prévenir des associations de défense de l'environnement afin qu'elles se tiennent prêtes à réagir…

– Pourquoi le ferais-tu ?

– Ton ministre serait mis en difficulté et adieu ta brillante carrière dans la haute administration…

– Un chantage ?

– En quelque sorte, il me faut le fric qui correspond à la drogue que tu as balancée. Je veux 60 000 francs d'ici mardi, et je ne divulgue pas ton papelard.

– Je n'ai pas cette somme, c'est énorme !

– Je sais, figure-toi... tu as bien quelques économies ?

Je détournai la tête pour cacher mes larmes. Dimitri ne me ferait pas de cadeau. Il avait d'autres priorités…

Je me levai et partis sans mot dire et sans qu'il me retienne. Je rentrai à pied chez moi. J'avais besoin d'activité physique pour réduire ma nervosité. Je réfléchis en marchant. Le dossier sur la centrale de déchets était très sensible et confidentiel… En outre, je ne disposais, sur mon livret A, que du cinquième de la somme réclamée par Dimitri.

Parvenue rue des Saints-Pères, j'entendis des éclats de voix dès le hall d'entrée. Mon oncle et ma tante devaient passer un savon à leurs enfants chéris. Je me glissai furtivement dans l'escalier.

Le début de la semaine suivante fut très mouvementé. Le discours que je recomposai fut validé par le Secrétaire général. Mardi, je suivis le ministre dans le Sud de la France où il participait à un colloque sur la limitation de la consommation des énergies fossiles. Je passai la nuit à Nice avec la délégation ministérielle et nous revînmes le lendemain à Paris.

Je ne pus me libérer de mon travail que mercredi en début de soirée où je filai dare-dare chez Dimitri afin de résoudre nos problèmes communs. Je retrouvai le chemin et atterris sur le palier. J'entendis du brouhaha derrière la porte sur laquelle je frappai plusieurs coups. Elle s'ouvrit à la volée. Quelqu'un me saisit le bras et me projeta à l'intérieur. Je fus récupérée par une autre personne qui m'immobilisa puis me repoussa sur un fauteuil en m'intimant de ne plus bouger.

À première vue, je débarquais au centre d'une confrontation entre Dimitri et trois types : deux jeunes baraqués, un blond et un roux, en jeans et blousons de cuir et un autre, plus âgé, fluet et agité, en costard noir, qui semblait être le chef. Il avait une chevelure brune lissée, une imposante chaîne en or barrait son cou, de lourdes bagues ornaient ses doigts qu'il agitait dans la direction de Dimitri qui ne semblait pas au mieux de sa forme. Ce dernier était maintenu par le costaud roux. Sa lèvre saignait et sa pommette droite commençait à enfler. J'étais tétanisée. Le chef qui tourbillonnait comme un moustique autour de Dimitri lui demanda en me désignant :

– Qui c'est celle-là ?

– Personne.

Je m'écriai à l'intention de celui qui dirigeait l'opération :

– Qu'est-ce qu'il se passe ici ? Vous lui faites quoi ?

– On le questionne…

Il balança à ses sbires, « Continuez, il fait le dur... ».

Le roux maintint Dimitri le temps qu'il se prenne une beigne monumentale par le blond, sa tête décolla, puis il reçut un coup de genou dans le ventre qui l'envoya voler loin sur le parquet. Les objets s'éparpillèrent autour de lui… Je hurlai et me précipitai vers le pauvre Dimitri, un des balèzes m'attrapa par le col de ma veste et stoppa mon élan. Je m'adressai au chef :

– Vous êtes Marcus ?

– Mouais...

– Je vais tout vous expliquer...

Ledit Marcus se planta devant moi, pendant que Dimitri se relevait péniblement et repoussait le baraqué roux.

– Ne le tapez pas, c'est moi qui vous dois de l'argent !

L'énervé me toisa :

– T'es qui ?

– Léonie Delmas.

– Tiens, c'est curieux, j'ai connu un Léon Delmas, en 60, à Alger…

– Bah, c'était mon père…

– Ton père ? Sans blague ! Bon, qu'est-ce que t'as à me dire pour la défense de cet idiot, il désigna Dimitri d'un geste dédaigneux.

Je lui narrai, à ma façon, l'histoire des Caves, la descente des flics, la mallette, la cocaïne jetée dans les WC... Et je conclus :

– Vous voyez, il n'y est pour rien...

– J'en ai rien à foutre de vos conneries, il me manque la moitié de mon fric !

– On peut s'arranger...

– Tu veux travailler pour moi ? T'es une entraîneuse ?

– Euh, non… je, je…

– Tu… quoi ?

– On pourrait trouver un compromis...

Marcus me reluqua et ricana « T'es marrante, avec ton air classe... »

Ce jour-là, j'étais perchée sur des escarpins et je portais un tailleur gris-perle. Mes cheveux étaient détachés et je m'étais maquillée. Marcus reprit :

– Tu sais quoi, mademoiselle distinguée ? On va parier votre liberté et votre tranquillité à tous les deux. On va jouer...

– À quoi ?

– Au 421. Si tu gagnes, je passe l'éponge sur notre business en cours, si tu paumes, je découpe ton ami en lanières et je le jette dans la Seine, quant à toi, je ne sais pas encore…

Je répliquai, paniquée :

– Écoutez, c'est pas sérieux. J'ai des relations... Et (je mentis), des gens savent que je suis là.

– Eh bien, justement, on va partir d'ici, allez, zou !

Dimitri fut empoigné par les deux sbires, nous descendîmes l'escalier à la suite de Marcus. Je songeai à leur fausser compagnie, il suffisait de choisir le moment opportun. Mais, si j'y parvenais,

Dimitri passerait encore un sale moment. Nous fûmes poussés dans une Mercedes bleu marine qui stationnait dans la rue. Nous roulâmes quelque temps selon un itinéraire tortueux, puis la voiture décéléra et s'arrêta dans une ruelle sombre. J'imaginai que nous étions quelque part à la Goutte d'Or, dans le XVIIIe arrondissement.

Toujours escortés, nous pénétrâmes dans un établissement à la façade étroite et lépreuse, nous descendîmes quelques marches pour traverser une série de salles, où s'entassaient des cartons, pour atterrir dans une grande pièce enfumée servant manifestement de salle de jeux, elle était pourvue d'un bar tenu par des hôtesses en tenues moulantes et satinées. Des types, cigarette au bec, tapaient le carton autour de petites tables surchargées de verres et de bouteilles d'alcool.

Marcus me demanda de m'installer à une table vide, il se posa en face de moi et réclama une piste, un jeu de dés et une bouteille de whisky.

– Ça te convient ?

– Je n'ai pas le choix !

Je déposai mon sac à main, que j'avais pu conserver, sur le dossier de ma chaise. Les deux costauds nous entourèrent et Dimitri se plaça, debout, derrière moi.

– Tu y tiens vraiment à ce guignol ? me demanda Marcus en désignant mon compagnon, parce que je peux m'en charger s'il te dérange...

– Oui, j'y tiens…

– Bon allez, c'est parti, lance les dés, tu connais la règle ?

– Oui, oui…

***

Je lançai les dés. La partie s'engagea…

Nous n'en jouerions qu'une, c'était simple et bref.

Nous nous repartîmes les vingt-et-un jetons dont nous devions nous séparer au fur et à mesure des combinaisons.

Notre table fut bientôt l'attraction des autres clients du clando. C'était difficile de se concentrer. Je lançai les dés, les doigts tremblants, Marcus avait des jets vifs et directs. Je réclamai un verre d'eau que Dimitri alla me chercher au bar. Lorsqu'il se pencha pour le déposer à ma place, je sentis son souffle dans mon cou qu'il effleura d'une main. Marcus me jetait des regards féroces et affichait un rictus moqueur. Il fumait un cigare qui répandait une lourde fumée nauséabonde.

Au bout d'une demi-heure, Marcus avait presque épuisé tous ses jetons. Il fallait que je fasse la meilleure combinaison afin de me débarrasser de mes sept jetons restants. Malheureusement, au troisième jet, Marcus fit un 421 et moi un 111 ce qui lui valut de remporter la dernière manche...

Mon adversaire poussa un cri de victoire et j'entendis Dimitri soupirer.

Marcus se leva et je restais assise, dépitée... Il me fit signe de le suivre et intima à Dimitri de ne pas bouger.

Le chef m'entraîna dans un petit salon, annexe au bar dont il referma la porte sur nous deux. Il ralluma son cigare écœurant.

– Alors… mademoiselle Delmas, Léonie Delmas...

– Oui...

– J'ai bien connu ton père, tu sais.

– Hum, à Alger ?

– En effet.

– Il se trouve qu'en 1961, monsieur ton père, qui faisait partie des généraux en place au gouvernement provisoire, m'a sauvé la vie, ainsi que celle de ma famille. Grâce à son intervention, nous avons pu quitter Alger pour Marseille. Je n'étais plus en odeur de sainteté dans mon pays, où l'on me traitait de collabo, et ma tête était mise à prix. Bref, ce serait trop long à te raconter et ce sont d'assez mauvais souvenirs... En France, j'ai tracé ma route, je me suis lancé dans le commerce.

– Trafiquant, souteneur, vous avez le sens du commerce...

– Je m'arrange avec ma conscience.

– Chacun sa morale…

– Ne me juge pas ! J'ai une dette envers ton père, aussi, je vais te libérer, et puis, on va s'oublier. Cela restera entre nous, je te fais confiance... Quant à Dimitri, il ne fait pas partie de ta famille...

– Si ! C'est mon fiancé.

– Ce raté ?

– Son vrai métier, c'est musicien...

Marcus soupira :

– OK, je le fais pour toi...Viens.

Nous ressortîmes de la pièce et Marcus prit Dimitri à partie :

– T'es pas taillé pour ce business, mon gars, fais autre chose. Tu vas déguerpir avec mademoiselle Léonie, t'es cramé, si je te revois traîner dans le coin, couic… Il fit un geste explicite, en passant son index sur la base de son cou.

Dimitri grommela un « fuck... quelque chose » et je m'empressai de hausser la voix :

– C'est d'accord, on file…

La garde rapprochée de Marcus nous escorta dehors à bonne allure et nous fûmes propulsés sur le pavé gras de la ruelle. Nous nous éloignâmes dans la nuit noire, en clopinant, moi perchée sur mes escarpins, Dimitri handicapé par les coups qu'il avait reçus.

Nous atteignîmes la station de métro Barbès-Rochechouart. Sur le quai, j'observai mon compagnon à la lumière des néons. Du sang avait séché sur son menton. Je sortis un mouchoir en papier de mon sac et lui tendis.

Nous étouffions dans le wagon de métro qui filait dans la nuit en cliquetant de toute sa structure et nous descendîmes à Cité, avec l'envie de prendre l'air. Nous gagnâmes les bords de la Seine. Nous nous assîmes sur le quai en pierre face au fleuve qui déroulait son ruban sombre sous nos pieds.

Dimitri extirpa le fameux document d'une poche de son blouson et me le donna. Je le réduisis en petits morceaux qui voletèrent dans l'eau.

Nous gardâmes le silence quelques minutes, la brise du soir agitait nos cheveux, l'air était doux et l'ambiance paisible… Nous étions complices et soulagés, conscients de nous être échappés d'un mauvais plan.

Dimitri avoua « T'as été cool, t'as eu du cran. » Je remarquai que sa pommette enflait encore, « Il faudrait mettre des glaçons sur ta joue... T'as mal ? »

Il grimaça en se palpant le ventre.

Je suggérai :

– Je devrais vérifier si tout est en place.

– T'es infirmière, aussi ?

– Non, j'ai un brevet de secouriste, et j'ai fait du scoutisme...

– Aha ! Dans ce cas.

Nous attrapâmes un taxi qui nous déposa devant chez Dimitri. Nous fîmes un bref rangement de l'appartement tout en repoussant les objets qui avaient déferlé pendant l'algarade. J'ôtai ma veste et envoyai balader mes chaussures à talon qui me brûlaient les pieds depuis des heures. Dimitri se débarrassa de ses fringues pour se retrouver en caleçon…

Manifestement, il allait mieux, il avait retrouvé son attitude désinvolte. Il balança, railleur :

– Ça ressemble à un début de plan cul... T'imagine comment on est devenus intimes tous les deux ! C'est rare que la même fille me voie deux fois en caleçon.

– Allonge-toi tombeur ! Je vais t'examiner.

– Bien chérie...

Il s'étendit sur le canapé et je m'assis sur le rebord. L'éclopé laissa échapper un gémissement quand je tâtai son abdomen.

– Tu souffres ?

– À mort.

– Je crois qu'il n'y a rien de cassé, retourne-toi.

Son dos était strié d'égratignures et son cuir chevelu portait une petite bosse.

– Je vais chercher des glaçons pour ta joue, t'as un frigo ?

– Il est un peu en vrac.

– Étonnant ! Tout est tellement ordonné ici...

– Ne sois pas sarcastique.

J'allai dans la cuisine et prélevai quelques glaçons dans le bac d'un petit frigo. Je passai un glaçon sur la pommette de Dimitri qui grimaça.

Il me dit :

– J'ai pas saisi pourquoi Marcus nous a, en quelque sorte, graciés, c'est un sévère ce mec.

– Hun-hun.

– J'ai même eu l'impression qu'il t'appréciait… Que t'a-t-il dit en aparté ?

– Je te raconterai…

Je plaçai le glaçon dans un cendrier sur la table basse et essuyai la joue de Dimitri du plat de la main. Il me gratifia de son fameux regard troublant et enchaîna :

– Et si on continuait ce qu'on a commencé l'autre soir, chez toi…

– Tu parles de quoi ?

– La danse, le kiss... ça avait l'air de te plaire.

Je paniquai un peu :

– Euh, j'sais pas trop, je dois rentrer, il est tard, je travaille demain...

– Je te raccompagne quand tu veux.

– Tu mets de la musique ?

– Bien sûr.

Il déplia son corps mince et musclé, très sobrement vêtu, pour aller farfouiller dans ses disques alignés dans des caisses. Il plaça un vinyle sur la platine-disque, et revint vers moi, tout sourire.

Et la voix de Percy Sledge s'éleva, sublime… « *When a man loves a woman...* »[5]. Ça te plaît, bébé ?

– Forcément.

Mon compagnon se rassit près de moi, il caressa ma joue de ses doigts déliés, dégagea mes cheveux derrière les oreilles.

– Tu es très belle, Léonie, tu as libéré ton côté sauvage.

---

[5] « *When a man loves a woman…* » Percy Sledge

Il m'embrassa tout en déboutonnant mon corsage. Je répondis à ses baisers en frissonnant. Je me détendis, je lâchai mes résistances. Ce garçon me plaisait, j'étais sensible à son magnétisme, j'étais séduite par son charme rugueux, attirée par sa personnalité baroque.

Mon séducteur continua le déshabillage ; lorsque je fus en petite tenue, il caressa ma peau avec une lenteur calculée, ses yeux rivés dans les miens. Puis, il m'allongea complètement et se coucha à côté de moi. Ses doigts descendirent plus bas, sur mon ventre, sous l'élastique de ma culotte. Je tremblai de plus en plus. Je posai ma main sur la sienne, freinant son travail de reconnaissance.

– Tu as peur ?

– Oui...

Je lui soufflai trois mots à l'oreille. Il me regarda, stupéfait, et avoua : « Décidément, Léonie, tu es la fille des premières fois... »

Il m'enlaça et chuchota :

– Tu es aussi la première et la dernière fille à qui je vais faire une demande en mariage…

Je m'écriai, le repoussant :

– Et tu crois que je vais accepter ?

– Oh, oui !

– Rêve !

Mais, je l'attirai à moi…

La véritable histoire de Lewis Elmore[6]

Clare avançait à petits pas sur le trottoir détrempé, tête baissée face à l'averse qui lui cinglait le visage. D'une main, elle tenait son cabas dont les anses filaient le long de ses doigts mouillés, son autre main croisait les pans de son gilet sur son ventre.

Le printemps de cette année 1962 peinait à s'installer, la pluie et les bourrasques balayaient les rues de la ville de Cheltenham, dans le comté de Gloucestershire.

Encore quelques mètres avant de se mettre à l'abri et elle prévoyait déjà ses futurs gestes...

Elle pousserait la porte d'entrée de la maisonnette en briques rouges pour accéder au modeste logement qu'elle occupait avec sa mère. Elle essuierait ses semelles sur le tapis mité de l'entrée et l'habituelle odeur de bouillon gras envahirait ses narines. Elle lâcherait son panier au sol pour se déshabiller à la hâte et accrocherait ses vêtements humides à la patère en fer forgé scellée sur le mur du couloir. Elle se précipiterait aux toilettes pour soulager

---

[6] Histoire librement inspirée d'une partie de la vie du groupe les Rolling Stones et de son premier guitariste Brian Jones

sa vessie. Puis, elle se laverait les mains et viderait son cabas sur la toile cirée de la table de la cuisine. Elle remplirait le garde-manger avec les victuailles achetées au *corner shop* sur Bath Road. En attendant que sa mère rentre du travail, elle éplucherait quelques légumes, les couperait et les verserait dans une casserole où elle rajouterait de l'eau et un Bouillon Kub afin de corser le goût de la soupe. Elle ferait un peu de vaisselle, puis elle dépendrait le linge sec étendu dans le grenier, elle le plierait et le répartirait dans les armoires des deux chambres.

Clare était presque au bout de sa grossesse. Depuis sept mois, elle était sans nouvelles du père de son futur enfant.

Elle eut soudain très chaud. Elle quitta la cuisine et suivit le couloir sombre jusqu'à la salle d'eau minuscule. Elle plongea ses poignets dans le lavabo à l'émail fêlé et les passa sous le robinet d'eau fraîche. Les tuyaux tambourinèrent. D'une main humide elle releva les mèches de cheveux qui lui tombaient dans les yeux et les passa derrière une oreille. Le miroir piqueté de taches brunes lui renvoyait son triste portrait marqué par des paupières gonflées et une bouche au pli amer.

Pourtant, tout avait commencé comme dans un de ces romans à l'eau de rose de Barbara Cartland qu'affectionnait la jeune fille. Prise d'un vertige, elle ferma les yeux et s'appuya au rebord du lavabo. Elle respira plus fort et se souvint…

Il y avait tout juste un an, ce même miroir lui renvoyait l'image d'une beauté radieuse. La brunette aux longs cheveux souples présentait, alors, un visage frais aux traits délicats, illuminé par des yeux mordorés et une bouche rieuse qui creusait deux fossettes charmantes...

Clare rayonnait, Clare était amoureuse.

Ce soir, elle allait revoir son « ange blond », ce garçon exceptionnel qu'elle avait remarqué plusieurs fois à l'Aztec Coffee sur High Street.

Elle était au collège et allait passer son *General Certificate* qui clôturerait sa scolarité à la *Girl's Grammar School*. C'était une bonne élève. À la rentrée prochaine, à seize ans, elle intégrerait l'école d'infirmières de Rose Hill.

L'Aztec Coffee était un nouveau lieu de ralliement pour les jeunes gens, ils y buvaient des coups, jouaient aux fléchettes, au baby-foot et, à l'occasion, ils y écoutaient des groupes de musique.

Ce vendredi de début avril 1961, le groupe The Cheltone Five était programmé.

Au comptoir, la bière se déversait des tireuses et débordait des chopes qui s'entrechoquaient. Les garçons, cheveux gominés, s'interpellaient d'un ton gouailleur et branchaient les filles, en chignon choucroute, qui détournaient les yeux d'un air agacé et tenaient des messes basses.

Les musiciens prirent place au fond de la salle et accordèrent leurs instruments. Ils allaient délivrer quelques reprises de jazz. Le saxophoniste réalisa des prouesses à la Bird[7]. C'était un jeune homme vibrionnant, en costume serré, il arborait un casque de cheveux blond brillant et un sourire ravageur. Il adressait des clins d'œil aux jolies filles de l'assistance. À la fin du concert et après avoir bu un petit verre de porto, Clare osa, cette fois, s'approcher du blondinet déjà très entouré. Il la vit venir et lui adressa d'une voix enjôleuse :

– *Is that you, babe ! What's in your eyes* ? (« *Est-ce bien toi chérie ! Ce qu'il y a dans tes yeux ? »)*

---

[7] Charlie Parker : saxophoniste de jazz

– Pardon ?

– Tu as de très jolis yeux...

– Merci.

– Lewis Elmore...

– Clare Jones...

Ils se revirent à l'Aztec. Durant leurs apartés, sur les banquettes de moleskine de la salle enfumée, Lewis amadoua la jeune fille, conquise et attentive. Il sut la flatter, lui dire combien elle était merveilleuse. Elle était fière qu'il la distinguât parmi les autres prétendantes. Lewis était poursuivi par une réputation de coureur de jupons, et on chuchotait qu'il avait déjà deux enfants. Ce dont il ne parla jamais à Clare qui n’insista pas. Elle découvrit les multiples facettes du garçon...

Lewis était un rêveur utopiste, ayant foi en son avenir dans la musique. Il était âgé de dix-huit ans, diplômé de trois *A-Level*, et ne voulait pas devenir ingénieur comme son père.

Sa mère, professeur de musique, l’avait formé au piano et au solfège dès son tout jeune âge. Il excellait dans tous les instruments qu’il pratiquait, saxophone, guitare, harmonica... Il avait une oreille parfaite et pouvait reproduire toute mélodie entendue.

Face à son refus de poursuivre des études et à sa décision de quitter le domicile familial, les parents de Lewis lui coupèrent les vivres. Depuis, il dormait à droite et à gauche, chez des collègues musiciens, chez des femmes mûres qu’il séduisait. C’était un vagabond lumineux et inspiré qui ne possédait rien d’autre que sa nouvelle guitare, une Hofner Commitee blanche pour laquelle il revendit tous ses autres instruments.

Après un concert où il s’était particulièrement distingué, au sein d'un groupe qui balançait des airs de rock, Clare consentit à suivre Lewis dans la chambre où il était hébergé, sur Regent Street. Il sut lever les dernières barrières de la jeune fille sage qui fit l'amour pour la première fois. Elle fut tellement troublée qu'elle ne sut dire si cela lui plut. En revanche elle fut fière du plaisir manifeste pris par Lewis qui s'endormit bien vite alors qu'elle ne put fermer l'œil de la nuit.

Le lendemain, elle eut la sensation d'être une « autre femme », elle avait franchi une étape vers sa vie d'adulte. Elle s'était donnée par amour et elle ne le regrettait pas. Tout ce qu'elle souhaitait, désormais, c'était voir Lewis le plus souvent possible et officialiser leur relation. S'attendant à une rapide « proposition maritale » de la part du garçon, elle fut très surprise, les jours suivants, de ne le trouver nulle part.

Elle se rendit dans les bars où il avait l'habitude de traîner, mais personne ne put la renseigner. La porte du logement qu'il occupait, et qu'elle assiégea, demeura irrémédiablement close jusqu'à cette ultime fois où elle s'ouvrit sur le maître des lieux qui lui apprit, enfin, que Lewis était parti à Londres. Devant l'air perdu de Clare, il se fendit de la seule explication qu'il connaissait, à savoir que le jeune musicien était monté à la capitale pour prospecter parmi les clubs de musique où il souhaitait se faire connaître. Clare fut frappée de stupeur.

Tout l'été, elle erra dans Cheltenham. Elle croyait apercevoir la silhouette de Lewis à chaque coin de rue et son cœur explosait. Elle continua de fréquenter l'Aztec et tomba sur une relation commune qui revenait de Londres et qui lui apprit que Lewis Elmore avait trouvé un petit boulot de vendeur chez un disquaire dans le quartier de Soho. Elle envisagea, alors, de se rendre sur place pour débusquer son séducteur, mais, elle eut peur de débarquer seule dans la « grande ville » où elle n'était jamais allée.

À cette période, elle se sentit fatiguée et nauséeuse. Sa voisine, qui était la commère du quartier, trônait dans son fauteuil derrière sa bow-window et observait les allées et venues de chacun. Un soir, elle surgit sur le pas de sa porte et interpella Clare :

– Eh petite, viens me voir...

Clare s'approcha avec réticence :

– Qu'y a-t-il, Mrs Brown ?

– Que pense ta mère de ton état ?

– De quoi parlez-vous ?

– Tu es enceinte, n'est-ce pas ?

Horrifiée, Clare fut prise d'un violent haut-le-cœur, elle mit la main devant sa bouche et s'enfuit chez elle, alors que la mégère grinçait dans son dos :

– Qu'est-ce que je disais... Je peux t'aider, tu sais !

La jeune fille se soulagea dans les toilettes. Devant la psyché de sa chambre, elle appliqua fébrilement les mains sur son ventre qu'elle scruta avec angoisse. Elle eut soudain la conviction d'être enceinte. Après deux nuits sans sommeil, elle se confia à sa mère qui, au préalable, l'agonit de reproches et lui fit faire un examen de grossesse qui s'avéra positif.

Susan Jones pensa que la malédiction des femmes de sa famille continuait. Elle-même avait été abandonnée par le père de Clare, un ouvrier saisonnier, qui ne supporta pas sa future paternité et disparut comme il était venu. Susan éleva sa fille, toute seule, dans l'opprobre général manifesté par la société bien-pensante de Cheltenham. Elle trima comme une malheureuse à faire des ménages tout au long de sa vie, pour nourrir son enfant.

Susan, affligée, en rajouta une couche :

– Et moi qui croyais t'avoir bien élevée ! Tu étais une bonne élève, destinée aux études.

– Qu'est-ce que je vais devenir ?

– On confiera ton gamin à l'Assistance publique !

Clare s'effondra en pleurant...

L'automne arriva avec son flot d'intempéries. La pluie et le vent dissipèrent les feuilles des arbres. Les bourrasques chahutèrent les écharpes et les chapeaux des passants. Le temps se refroidit et les gens se réfugièrent davantage dans les cafés et les clubs qui poussaient comme des champignons.

Une certaine frange de la jeunesse souhaitait se démarquer de la génération précédente, marquée par la guerre et les privations, et affirmer son émancipation. Elle voulait inventer son propre style et imposer ses valeurs à travers la musique. Le rock and roll, venant des USA, se propageait à travers le monde et trouvait son écho en Angleterre où il était repris, adapté, copié, par de très jeunes musiciens en herbe.

Quand Lewis réapparut en avril, après six mois d'absence, il prit possession des nouveaux lieux de distraction de Chelthenham et fut étonné de ne pas y rencontrer Clare. Toutefois, il mit plusieurs jours avant de s'en inquiéter et de se rendre au domicile de la jeune fille.

Il ne reconnut pas celle qui lui ouvrit la porte. Clare se tenait sur le seuil, la mine défaite, les yeux battus et visiblement enceinte... Lewis fut stupéfait et ouvrit la bouche sans mot dire, lui d'habitude si bavard. Son amie le fit entrer dans la cuisine exiguë. Il s'assit au bord d'une chaise, prêt à écouter Clare. Elle lui fit part de sa situation d'une voix plaintive, entrecoupée de sanglots. Elle était désormais considérée comme une fille perdue, une paria de la société, elle déplora aussi sa vocation gâchée d'infirmière.

Lewis jura qu'il s'occuperait d'elle et du petit, ne précisant pas que c'était sa troisième paternité. Qu'elle pourrait toujours reprendre ses études... En attendant ? Il lui conseilla de poursuivre sa grossesse chez sa mère et de venir le rejoindre à Londres, plus tard, avec le bébé... Où ? Il allait trouver très vite un petit appartement, parce que, pour le moment, il s'abritait où il pouvait.

Puis le jeune homme avait fait part de son ambition. Il était revenu dans sa ville natale pour faire le point et se convaincre qu'il allait percer dans la musique. Il avait fait des rencontres déterminantes à Londres. Le patron du club le Marquee, sur Wardour Street, l'avait remarqué et l'invitait à monter sur scène, un soir par semaine, où il reprenait les tubes des pionniers du rock tels que Muddy Waters, Chuck Berry...

Un vivier de jeunes musiciens, venus de toute l'Angleterre et en quête de reconnaissance, hantait les clubs londoniens. La mode était aux formations de quatre ou cinq garçons. Certaines commençaient à se distinguer et rencontraient le succès. Et, Lewis n'avait qu'une idée en tête, créer son propre groupe de rock.

Clare écouta, sans trop comprendre, et sans trop d'enthousiasme, le discours volubile d'un Lewis illuminé et confiant dans son projet.

– Et, comment veux-tu l'appeler ? demanda Clare.

– Le bébé ?

– Non, ton groupe de musique.

– Euh... je ne sais pas encore, murmura Lewis, pensif, il ajouta : le bébé, tu peux l'appeler comme moi...

Et Lewis repartit très vite vers son potentiel Eldorado.

À Londres, il dormait chez Andrew, un brave gars, chauffeur-livreur dans la journée et pianiste, amateur de musique jazz le soir, qui s'était pris d'une profonde admiration pour la star en puissance.

En effet, avec sa guitare blanche, Lewis avait vraiment fière allure au Marquee Club. Ses prestations faisaient se pâmer les filles du public, quant aux garçons, ils n'étaient pas moins impressionnés. L'un d'eux, à la belle mine d'étudiant sage, Philip, échangeait régulièrement avec lui sur les musiques de Robert Johnson, de BB King... Il rêvait de chanter sur scène et Lewis assura qu'il pouvait lui arranger le coup. Alex, le patron du Marquee cherchait un groupe régulier pour son nouveau club à Ealing Broadway et il donnait carte blanche au prometteur Lewis...

Ce dernier recruta Philip comme chanteur qui, lui-même, imposa Julian, son ami d'enfance, comme bassiste. Ils débauchèrent l'excellent batteur d'un groupe concurrent, Rob, et fidélisèrent Andrew, pour la partie piano et l'intendance... Aucun d'eux n'avait encore vingt ans, excepté le batteur qui venait de passer le cap. Ils répétèrent des standards de rhythm and blues, jour et nuit, afin d'établir un répertoire. Ils avaient mutualisé leurs maigres ressources et économies pour la colocation d'un trois-pièces crapoteux dans le quartier de Chelsea, sur Fulham Road. Ils n'y faisaient rien d'autre que dormir, à deux par chambre, jouer de la musique et écouter mille fois des vinyles de Jimmy Reed, Muddy Waters, Bo Diddley... sur leur électrophone Teppaz.

Alex passa à Fulham Road voir les garçons en pleine répétition. Rob tapait la mesure sur des vieux bidons de peinture, Lewis et Julian se complétaient à la guitare, Philip chantait avec application dans un micro, tout en esquissant quelques déhanchements. Ils s'arrêtèrent de jouer pour écouter Alex qui leur indiqua leurs premières dates de concert au Ealing... Il faisait imprimer des affiches publicitaires, à coller sur les murs autour du club, ce qui fit sourire les garçons de satisfaction jusqu'aux oreilles...

– Il me manque juste le nom de votre groupe, les gars, c'est quoi ? demanda le patron.

Ils se grattèrent la tête, perplexes. Puis, le regard de Lewis tomba sur la pile de disques éparpillés sur le sol, il y distingua la pochette d'un 45 tours de Bo Diddley, celui qu'ils écoutaient à l'infini... et s'écria :

– The Road Runners !

Les autres reprirent « The Road Runners » ! Philip rajouta « c'est parfait » !

Puis, ils chantèrent en chœur le célèbre morceau qui serait leur carte de visite : *« I'm a road runner honey, And you can't keep up with me, I'm a road runner honey, And you can't keep up with me, Come on, Let's race, Baby baby, You will see... »*

Le groupe mérita bien son nom, car les Road Runners furent sans arrêt sur la route. Andrew se chargeait de leur trouver des dates et ils donnaient un maximum de sets, quelquefois deux par jour, dans les pubs, les festivals, les bals, à Londres et dans les comtés environnants, aussi loin que pouvait les emmener la camionnette d'Andrew, le cinquième élément du groupe, où ils s'entassaient avec leur matériel. Les garçons dormaient peu et n'importe où, mangeaient quand ils avaient le temps, et s'encourageaient en buvant du whisky. Ce train de vie leur forgea à jamais une nature de nomades.

Ils se firent remarquer par un manager aussi jeune qu'eux et qui n'y entendait rien en musique, mais qui avait le flair pour débusquer des talents et ce qui pouvait plaire aux *kids*. Une révolution musicale était en marche, elle s'appellerait la *British Invasion*... Et, les Road Runners allaient s'inscrire dans ce grand mouvement, ainsi que d'autres groupes composés d'olibrius décomplexés aux cheveux longs, comme The Beatles, The Yardbirds, The Who...

Ils seraient les porte-paroles de la génération des *baby-boomers,* nés après le *blitz* allemand qui avait ravagé leur pays, et qui entendaient profiter de la vie, à leur façon. Les schémas parentaux n'étaient plus de mise et n'avaient plus aucune justification. Il fallait désormais vivre vite et intensément, sans se soucier du lendemain. Le plaisir, la provocation, le sexe, la musique rock étaient porteurs d'idéaux à exploiter. Ils permettaient de se démarquer et de s'affirmer dans un monde strict et sérieux qui n'avait, jusqu'à présent, proposé au peuple ordinaire que des guerres et de la misère.

Lewis faisait travailler les musiciens d'arrache-pied et apprenait au chanteur à la mine angélique à placer sa voix. Ils étaient dans la même énergie constructive et créatrice et se donnaient à fond. Ils avaient abandonné études, boulot, famille, pour se lancer dans l'aventure.

Quelquefois, Lewis se demandait ce qui arriverait s'ils perdaient tout... Au moins, ils n'auraient pas de regrets, ils auraient essayé. Si leur carrière ne décollait pas, ils pourraient peut-être revenir aux destins moins glorieux de la *middle class* ou bien devenir des clochards magnifiques, des troubadours errants, jouant au coin des rues et dormant sous les ponts...

Entre-temps, le bébé de Lewis et de Clare était né.

Clare le nomma Lew... Elle l'allaita et commença à l'aimer. Les mois passaient et la jeune maman n'avait aucune nouvelle de celui qui avait promis de s'occuper d'eux, mais à qui elle entendait bien rappeler ses obligations de père.

Elle parvint à soutirer l'adresse londonienne de Lewis à ses parents, consternés de découvrir qu'ils avaient un petit-fils. Ils proposèrent à la jeune fille de l'aider, ce qu'elle refusa.

C'est avec baby Lew, âgé de cinq mois, que Clare débarqua à Fulham Road. Si le quartier était assez chic, elle constata bien vite que l'appartement était insalubre ; les murs étaient moisis, le mobilier brinquebalant et une vieille odeur de rance y régnait.

Les habitants des lieux furent interloqués de découvrir, sur le pas de leur porte, un bout de femme avec son bébé joufflu dans les bras. L'arrivante portait une valise en carton bouilli et était harnachée d'un vieux sac à dos. La fatigue se lisait sur son visage de madone balayé par de longs cheveux bruns et mangé par des yeux couleur d'ambre.

Face à cette apparition romanesque de jeune beauté éperdue qui demandait après Lewis, les garçons ne pipèrent mot. Puis, Philip marmonna que leur ami dormait encore, et qu'il allait le prévenir... Après une brève consultation du regard, les autres s'éclipsèrent.

Au bout d'un moment, Lewis apparut, hirsute et dépenaillé, l'air peu amène. Il se prit la tête entre les mains à la vue des deux visiteurs plantés au milieu du salon encombré. Une fille blonde en mini-jupe émergea à sa suite et ricana à la vue de Clare qui rougit et détourna les yeux. La fille s'approcha de Lewis, lui dévora la bouche d'un baiser et lui lança, « À ce soir », avant de s'éclipser à son tour. Embarrassée, Clare émit :

– Bonjour Lewis.

– B'jour.

– Je vois que je te dérange.

– En effet.

– J'étais sans nouvelles...

– Je ne suis pas encore prêt.

Le bébé se mit à geindre et Clare, qui avait posé ses bagages, se mit à le bercer, elle dit :

– Il a faim, je peux lui préparer un biberon ?

– Suis-moi.

Sans un regard pour l'enfant, Lewis précéda Clare dans une cuisine envahie par la vaisselle sale, les bouteilles vides et les cendriers pleins. Une colonie de champignons s'épanouissait dans l'évier encroûté de reliefs de nourriture.

Clare et Lew s'installèrent à demeure. Lewis n'était pas enthousiaste, mais il voulait respecter sa promesse. Il vira Rob qui partageait sa chambre pour y installer la jeune femme et le bébé.

La vie s'engagea différemment à Fulham Road. Clare trouva un boulot de secrétaire chez le quincaillier du coin. Elle pouvait confier son fils à un centre d'accueil pour familles défavorisées. Elle devint la petite fée du logis, une Blanche-Neige moderne s'occupant d'une équipe de gamins bordéliques qui finirent par apprécier son intrusion, celle d'une jolie fille discrète qui semblait tellement amoureuse de Lewis. Lequel lui fit bien comprendre qu'il lui rendait service, mais, qu'en aucun cas, elle ne devait se considérer comme sa fiancée officielle. Manifestement, il sortait avec une ribambelle de nanas et ne tenait pas à avoir de fil à la patte. Clare protesta à peine, elle sentit qu'elle n'avait pas le choix de la situation...

Les Road Runners circulèrent beaucoup jusqu'à la fin de cette année 1962. Ils ne revenaient que pour se jeter sur des matelas crevés, enroulés dans des couvertures percées.

Le jour de Noël, Clare errait seule dans l'appartement. Sans nouvelles des Road Runners, elle était particulièrement déprimée. Elle regardait les murs miteux du salon, bombardés de taches indélébiles. Il y régnait un désordre indescriptible. Elle n'avait plus envie d'entretenir cet endroit. Dans un des containers à ordures en bas de la rue, elle avait récupéré une plante encore verte qu'elle avait posée dans le salon, en guise de sapin. Elle espérait que Lewis passerait pour Noël, au moins, qu'il la ramènerait à Cheltenham, chez Susan. Mais, comme d'habitude, il ne lui avait rien proposé. Ces derniers temps, il ne rentrait même plus à l'issue des tournées exténuantes. Lorsqu'elle demandait après lui, les trois autres se dérobaient... Philip, le chanteur aux lèvres pulpeuses, à l'allure juvénile, n'était pas indifférent aux charmes de la jeune fille. Il tentait régulièrement de la séduire, mais elle résistait à chaque fois.

Juste avant d'aller fêter Noël dans leur famille respective, Philip et Julian repassèrent à Fulham Road, ils eurent pitié de Clare et de baby Lew. Philip s'exclama :

– Clare, vous n'allez pas rester seuls ici le soir de Noël !

– J'attends Lewis, il ne peut pas nous avoir oubliés !

– Il ne viendra pas ici.

– Où est-il ?

– Écoute, chérie, on t'emmène à Dartford, dit Philip.

– Tu viens chez mes parents, renchérit Julian.

Clare hésite, puis la mort dans l'âme se décida. Elle boucla à la hâte un maigre bagage, enfila un manteau miteux et couvrit Lew, puis, elle suivit les garçons dans la rue. Julian porta le bébé. Tous trois bravèrent la neige qui tombait dru et s'engouffrèrent dans la bouche de métro de Fulham Broadway.

Cet hiver 62-63 fut très rude. L'Angleterre fut prise dans une gangue de neige et de glace. Tout le monde se gelait dans l'appartement mal chauffé et dormait tout habillé.

Mais l'investissement de Lewis et des Road Runners payait, car à partir de là, leur notoriété explosa. Ils enregistrèrent un 33 tours avec des reprises de leurs idoles et quelques compositions personnelles. Leur premier passage à la télévision dans l'émission *Ready Steady Go*, puis à la BBC, à *Top Of The Pops*, les consacra et les propulsa en haut des hit-parades et en couverture du *Melody Maker*.

Désormais, les concerts se faisaient à guichets fermés où hurlait le public hystérique. Les filles pleuraient, s'évanouissaient, elles sautaient sur la scène et se jetaient sur les musiciens, cherchant à les faire tomber, à les embrasser ; elles leur arrachaient des bouts de vêtements, des touffes de cheveux.

Les garçons couraient se réfugier dans les loges, leur départ était protégé par des cordons de police. Lewis était le seul à apprécier ces démonstrations d'amour sauvage. Il avait toujours voulu être une star, être admiré, et ce délire collectif était la rançon de cette gloire qu'il avait tant recherchée.

Les moyens financiers progressèrent rapidement et le groupe déménagea dans un appartement plus luxueux et confortable à Notting Hill, sans Lewis, qui s'installa à Mayfair dans la grande demeure d'un jeune aristocrate avec lequel il copinait.

Clare ne fut invitée nulle part, elle avait conservé son emploi de secrétaire, ce qui lui permit de trouver un deux-pièces mansardé dans Soho.

Lorsqu'ils ne jouaient pas, l'occupation favorite des garçons était de dévaliser les boutiques de Carnaby Street et de King's Road, à l'affût d'instruments de musique plus perfectionnés et de fringues originales pour se faire le look « dandy » typique du *Swingin' London*. Cette nouvelle mode d'être et de paraître s'épanouissait dans la capitale, selon les arts populaires du design, du vêtement, de la musique...

Les Road Runners passaient du temps dans un studio d'enregistrement de Kensington, d'où émergea le légendaire riff de guitare de Lewis qui devait s'inscrire dans l'Histoire du rock'n'roll. Le titre enregistré « No Mercy For A Road Runner » se plaça, dès la première semaine, en tête des charts anglais et américain.

Les musiciens avaient trouvé leur rythme, leurs compositions étaient originales et percutantes avec des textes ciselés qui évoquaient leurs expériences sentimentales, leurs désirs, leurs révoltes... Les mélodies étaient entêtantes, les rythmes endiablés, les rocks explosifs. Chaque morceau interprété sur scène devenait une performance dont Lewis était le leader incontesté.

Dès lors, et les années suivantes, le groupe entreprit des tournées internationales et s'exporta aux États-Unis, au Canada et dans toute l'Europe. Les aéroports étaient envahis par des hordes de groupies. Les garçons s'inscrivaient dans la catégorie « superstar du rock ». Des limousines avec chauffeurs, aux vitres teintées, les attendaient pour les mener à leurs hôtels de luxe. Leurs séjours étaient pris en charge par des producteurs qui se frottaient les mains face à cette manne qui leur tombait du ciel, la jeunesse du monde entier allait consommer cette décennie en mode rock'n'roll...

Clare put suivre les aventures de son séducteur à travers les magazines à sensation où des photos montraient Lewis qui souriait à la vie... Il arborait des accoutrements excentriques, chemises à jabot, vestes de velours aux couleurs vives, pantalons en satin, boots à talons hauts et fanfreluches... Sa tête était souvent masquée par de larges chapeaux et des lunettes noires.

Les tenues des autres membres du groupe étaient plus sobres, mais tous les quatre exhibaient régulièrement de nouvelles fiancées, choisies parmi les modèles en vue, les actrices du moment, ou les filles de bonne famille qui souhaitaient s'encanailler avec les garçons britanniques à la mauvaise réputation qu'étaient devenus les Road Runners.

Pour autant, Philip n'oublia pas Clare Jones, il lui proposa de créer et de tenir leur fan-club, car un nombre considérable de courriers encombraient leur boîte aux lettres. Le jeune homme, qui mettait son nez dans la gestion du groupe, avait besoin d'une personne sérieuse et dégourdie. En outre, Clare faisait un peu partie de la famille. Elle approuva avec enthousiasme et laissa tomber son job à la quincaillerie. Philip lui trouva un bureau dans les locaux occupés par leur manager, Mark, et leur société de production. Clare géra aussi les relations publiques du groupe. Elle prenait les rendez-vous avec les journalistes, les photographes et aidait Mark pour l'organisation des tournées. Elle bénéficia même d'une Mini Cooper aux couleurs de l'*Union Jack*...

Lewis ne vit pas d'inconvénient à l'emploi de son amie, mais il aurait aimé que Philip lui demandât son avis. Lequel prenait de plus en plus en main les destinées du groupe que son fondateur lâchait progressivement.

Sa position permit à Clare de garder un œil sur Lewis. Il venait régulièrement la trouver pour se plaindre de ses déboires sentimentaux et des problèmes qu'il rencontrait avec les autres membres, notamment Philip et Julian qu'il soupçonnait de le tenir à l'écart d'importantes décisions. Lewis était de tendance paranoïaque et se complaisait dans le rôle de victime. Désinvolte, il négligeait les répétitions et les concerts. Il avait abandonné la guitare pour des instruments accessoires qui enrichissaient, toutefois, les compositions du groupe comme l'harmonica, la flûte... Andrew prenait momentanément sa place, mais Philip et Julian recherchaient un guitariste expérimenté pour pallier les absences de Lewis.

La qualité de vie de Clare et de baby Lew, qu'elle pouvait désormais confier à une crèche privée, s'améliora nettement. Un des nombreux photographes qui gravitaient dans la sphère des Road Runners lui proposa un shooting et une hypothétique gloire de mannequin qu'elle refusa. Elle sortit avec le garçon, un certain temps. Ce qui entraîna la colère de Lewis...

Clare sympathisa avec la dernière fiancée de Philip, Mary, une égérie blonde et pulpeuse qui promenait un air évaporé à force de tirer sur des pétards.

En revanche, la copine de Lewis, une grande fille blonde borderline, lui battit froid d'emblée. Linda était une actrice cosmopolite d'origine allemande, en quête d'un musicien sexy et célèbre, elle avait jeté son dévolu sur Lewis qui, flatté, n'avait pas résisté à l'appel de sa nouvelle muse.

Jet-setteuse, modèle à ses heures, Linda disposait d'un carnet d'adresses d'avant-gardistes, d'artistes en tout genre qui faisaient la renommée du *Swingin' London*, ce qui fit rêver Lewis, mais aussi Philip qui aimait frayer avec le beau monde...

Linda traîna son chevalier servant dans des parties où ils paradaient et se mettaient mutuellement en valeur. Leurs photos tapissèrent les tabloïds, on pouvait les voir lors de fêtes à Piccadilly, dans les boutiques de fringues de Soho, dans les pubs de Chelsea, les galeries de King's Road... Linda initia le jeune homme à toutes sortes de substances, car elle avait ses entrées chez les dealers de came.

De simples buveurs d'alcool, les Road Runners devinrent des consommateurs de stupéfiants et ils ne firent pas l'expérience à moitié. À leur décharge, ils fréquentaient un milieu où il était impossible de passer à côté de la défonce, au risque d'être pris pour un sinistre ringard. Les drogues étant devenues illégales, les usagers et les revendeurs étaient hors-la-loi. S'engageait alors un jeu de chat et de la souris entre la police et les vedettes du show-biz...

Les Road Runners produisirent un 33 tours par an, chaque sortie était un événement musical qui amplifiait leur célébrité, ils étaient en passe d'être le plus fameux *rock'n'roll band* de la planète...

Parler de leurs frasques, de leurs supposées déviances, augmentait le tirage des journaux. L'establishment les avait catalogués en voyous infréquentables qui pervertissaient la jeunesse, et la justice ne les rata pas lors de procès pour détention de drogues. Lewis était le plus ciblé. Son côté rebelle et provocateur excitait la presse. Mais il était physiologiquement et mentalement le plus fragile et ses excès en tout genre le rendaient maniaco-dépressif.

La relation entre Linda et Lewis se dégrada au fur et à mesure de leurs scènes de ménage. Le couple se sépara à l'été 1967.

Lewis revint vers Clare qui en était toujours amoureuse. Mais elle était lasse de la même soupe qu'il lui servait à chaque fois qu'il était au fond du trou ; à savoir qu'elle était la femme de sa vie, qu'elle seule comptait et le comprenait... Son attachement viscéral à Lewis empêchait la jeune femme de s'investir dans une autre relation, elle ne se sentait pas disponible et ne vivait que des aventures sans lendemain.

Toutefois, elle éprouvait une attirance troublante envers Philip. Elle s'en défendait, car elle n'était pas de son calibre et n'entendait pas cultiver deux amours impossibles. Le charismatique chanteur des Road Runners était un prédateur qui courait après un gibier féminin naviguant dans les hautes sphères de la société. Il était fiancé à la superbe fille blonde d'un magnat texan du pétrole, un mariage grandiose était prévu dans le château Renaissance que la rock-star venait d'acquérir en France, dans la vallée de la Loire.

Philip, Julian et Rob considéraient davantage Clare comme leur petite sœur et c'était réconfortant pour la demi-orpheline issue d'une très modeste famille. Dernièrement, Philip lui avait rapporté un bracelet en argent, serti d'ambre, qu'il avait acheté dans une réserve indienne pendant la troisième tournée américaine du groupe. Il lui avait déclaré, « Tiens, chérie, c'est un porte-bonheur, j'ai pensé à tes yeux lorsque je l'ai vu ». Le bijou ne quittait pas le poignet de Clare.

Lewis décida de s'acheter une fermette à la campagne, dans le Sussex, où il pourrait se ressourcer. C'était un charmant cottage du XVIe siècle, sis au cœur d'un parc arboré, doté d'une piscine et de larges pelouses, à une demi-heure de Londres. Pendant que les autres Road Runners travaillaient sans interruption à de nouvelles compositions, Lewis s'installa dans sa nouvelle demeure. Il fit aménager une chambre pour son fils Lew, alors âgé de sept ans, et envers qui il concevait subitement une envahissante paternité. Il remplit sa chambre de jouets coûteux, notamment un circuit de train électrique avec tous ses accessoires. Puis, il n'eut de cesse de faire venir l'enfant et sa maman. Clare, échaudée par les sautes d'humeur de son fantasque amant épisodique, était réticente. D'autant que le garçon était animé de pulsions violentes. Lorsqu'il était contrarié, il levait la main sur elle, sans toutefois achever son geste.

Mais Lewis fit des serments d'amour éternel et déplia le tapis rouge à la jeune femme, sous emprise, qui céda et débarqua avec l'enfant. Fou de joie, Lewis la couvrit de cadeaux, il lui réserva une suite de princesse et gava son dressing de vêtements luxueux.

Pour pallier les multiples défections de Lewis Elmore, le nouveau leader des Road Runners avait enfin trouvé un nouveau guitariste, il attendait le moment opportun pour l'annoncer au malheureux perdant en même temps que son éviction du groupe. Philip n'eut pas de pitié, car sans cet aménagement les Road Runners disparaîtraient.

Lewis apprit la nouvelle un soir de juin 1969 quand les autres musiciens débarquèrent chez lui pour la lui annoncer. Dans un premier temps, il fit bonne figure et assura qu'il comprenait la situation. Mais après le départ de ses ex-complices, il se mit à hurler de désespoir, cassa une de ses guitares qui traînait par là, et se cala dans le salon avec des bouteilles de whisky et des pilules. Par la suite, il apprit que Linda, son ancienne muse, s'était mise en couple avec Julian.

Ainsi, Lewis subit une double trahison dont il ne se remit pas, il était remplacé au sein du groupe qu'il avait créé et dans le cœur de celle qu'il aimait encore et qu'il envisageait de reconquérir.

Face à la dichotomie affichée des sentiments de Lewis, Clare pensa rompre définitivement. Ce que Philip l'engageait à faire, il lui répéta, « Il est dur avec toi... Tu sais qu'il ne changera jamais... Sauve-toi bébé... »

Quelques jours plus tard, alors qu'elle rentrait de Londres en voiture, après sa journée de travail, Clare tomba sur une équipe de personnages douteux qui avaient envahi le cottage à l'invitation de Lewis. Ils s'étaient répandus de la terrasse au salon, en passant par la cuisine. Des femmes vulgaires, ayant pour tout vêtement un slip en dentelles, et des types dépenaillés hurlaient, un verre à la main, se passant des joints. Lewis titubait parmi eux, avec une bouteille de vin. Dès qu'il aperçut Clare, il brailla à son intention, « Il ne manquait plus que toi, chérie ! Viens que je te présente ma nouvelle fiancée... ». Il poussa vers elle une épaisse fille blonde décolorée, complètement saoule. Son maquillage coulait sur sa peau luisante. Elle cria à l'intention de Clare, « Ouais, fais tes bagages ma belle, je m'installe ! ».

Dégoûtée, Clare se précipita dans sa chambre où elle entreprit de remplir une valise. Elle se félicita d'avoir laissé Lew dormir chez un petit copain dont les parents fêtaient l'anniversaire.

Lewis surgit derrière elle et la fit sursauter de peur.

– Qu'est-ce que tu fais ?

– Tu vois, je m'en vais, comme le veut ta pétasse !

– Pour qui te prends-tu, misérable bâtarde !

– Salaud !

– Reste !

– Certainement pas ! Tu m'en as trop fait Lewis !

Lewis se rua vers la jeune femme et elle ne put éviter une monumentale gifle qui la jeta par terre. Elle se cogna la tête sur l'angle d'une table basse et resta assommée sur le sol.

– Tu ne pars pas, sinon je te tue ! C'est compris ?

Anéantie, Clare considéra son bourreau, sans mot dire. Elle eut peur de l'homme au visage déformé par la fureur et ravagé par les excès qui se penchait sur elle.

Il lui décocha des coups de pied dans le ventre en vociférant :

– C'est compris ?

Clare souffrait trop pour se relever, elle souffla, face contre terre :

– Compris.

– Très bien, rejoins-nous en bas.

Clare ne bougea pas pour autant. Elle se recroquevilla tremblante au pied de son lit. Le vacarme de la musique et des cris déferlaient dans ses oreilles. Elle s'assoupit un temps indéfini sur le tapis et se réveilla soudain. Elle se leva péniblement, puis s'approcha de la fenêtre : la nuit était installée, les étoiles brillaient dans le ciel dégagé. Elle avait vue sur la piscine éclairée par la lune. Elle reconnut Lewis, flageolant, tout au bord. Il était seul et semblait en mauvaise posture. Inquiète, Clare décida de le rejoindre par l'escalier extérieur qui partait de son étage.

Elle traversa le jardin, Lewis la distingua et s'exclama :

– C'est toi Clare ? Approche-toi, chérie !

Elle fit quelques pas vers lui, sur le sol dallé où Lewis vacillait, totalement défoncé. Il détendit brusquement ses bras et attrapa Clare.

– Viens, embrasse-moi !

– Je n'ai pas envie.

– Allez, viens...

Il ricana et lui souffla sa mauvaise haleine sous le nez. Elle résista sans succès, mais quand il la colla contre lui, elle le repoussa brusquement. Déséquilibré, Lewis tenta de se rétablir, sa main glissa le long du bras de la jeune femme qu'il lâcha. Puis, il chuta en arrière, sa tête rebondit sur le liner de la piscine avant que son corps ne chute dans l'eau dans un gros plouf bouillonnant. Il refit surface et Clare l'entendit gargouiller :

– Salope, tu m'as poussée ! Tu vas voir quand je vais sortir de l'eau !

Effrayée, elle le vit s'agripper au bord, mais il manquait de force, ses doigts dérapèrent et il sombra à nouveau. Sous la lumière de la lune, elle pouvait apercevoir son visage grimaçant, un filet de sang coulait sur son front. Il émit plaintivement :

– Aide-moi, je n'ai plus de force...

Dans un état second, Clare l'observa se débattre, puis elle se détourna lentement et retraversa la pelouse dans l'autre sens. Elle entendit Lewis l'appeler d'une voix de plus en plus faible. Mais, elle ne revint pas sur ses pas. D'une démarche de somnambule, elle reprit l'escalier et s'abattit tout habillée sur son lit.

Il devait être sept heures du matin quand elle fut tirée de son sommeil tourmenté par des cris. Une main la secouait, elle appartenait à la femme de ménage qui prenait son service.

– Miss Clare, réveillez-vous !

– Quoi ?

– C'est Mr Lewis, le jardinier m'a dit qu'il flottait dans la piscine !

Hagarde, Clare se dressa sur son lit. Sa robe était froissée, ses cheveux en bataille.

– J'arrive.

Au rez-de-chaussée, elle repéra quelques corps encore anesthésiés par les agapes de la veille, affalés sur les canapés et les tapis du salon.

Dehors, elle fut frappée par la fraîcheur matinale. Elle avança, pieds nus, vers le lieu du drame. Sur l'eau claire de la piscine, un corps flottait sur le ventre, les bras en croix, il était auréolé de cheveux blonds... Il ne faisait pas de doute qu'il s'agissait de celui de Lewis. Tous les détails de la veille affluèrent à l'esprit de Clare. Un pan entier de sa vie se fracassait, elle tomba à genoux, écrasée par le chagrin et son impuissance à revenir en arrière...

Le jardinier, qui se trouvait là, tendit les bras et retourna le corps sans vie. Il s'apprêtait à le sortir de la piscine. Clare cria :

– Ne touchez à rien, j'appelle la police.

Elle se traîna à la maison, mais le premier numéro qu'elle composa fut celui de Philip. Heureusement, il lui répondit et elle lui raconta, d'une voix brisée, la situation. Il assura qu'il prenait les choses en main et qu'il arrivait...

Entre-temps, les occupants indésirables de la maison avaient filé comme une volée de moineaux.

Puis, les voitures de la police et des pompiers franchirent la grille et remontèrent l'allée. Lewis fut placé dans un *body bag* et sur une civière, son décès fut constaté.

Dès son arrivée, Philip prit Clare dans ses bras et remarqua son visage tuméfié. Il demanda à voir le corps de Lewis, puis il se rendit au bord de la piscine, discuta avec les policiers et les secours. L'ambulance emporta le corps de Lewis à la morgue.

Clare était prostrée sur un banc de la terrasse, quelqu'un lui avait mis une couverture sur le dos et servi une tasse de café. Elle devait être entendue par la police comme témoin de la soirée et elle préparait mentalement sa propre version des faits... Philip s'assit à côté d'elle. Il lui prit la main et noua quelque chose autour de son poignet. Il murmura :

– Je l'ai trouvé près de la piscine...

Clare vit son bracelet d'ambre puis croisa le regard du jeune homme qui esquissa un sourire infiniment triste. Des larmes jaillirent sur les joues de Clare qu'il essuya du bout des doigts. Elle suffoqua de douleur. Elle balbutia :

– Mais... je... je l'aimais tellement...

– Je sais.

– C'est un accident, mais… je… j'aurais pu...

– Oublie, chérie... Tu vas pouvoir rentrer chez toi...

Elle appuya sa tête contre l'épaule de Philip et calma sa respiration.

Le lendemain matin, les journaux du monde entier titraient : *« Un membre des Road Runners est trouvé mort dans sa piscine ».*

La photo de Lewis Elmore en ange blond du rock'n'roll, du temps de sa splendeur, s'étalait en première page.

HARLEY-DAVIDSON[8]

« La seule chose que vous ayez reconnue, selon vos dires, c'est le tracteur : un Massey Ferguson rouge. »

L'inspecteur Lehon, de la police judiciaire d'Angers, avait eu l'air effaré et incrédule quand, pour réponse à sa remarque, je lui avais chantonné :

– Je n'reconnais plus personne hors Massey Ferguson...

Aussi, je m'étais bien vite reprise :

– Désolée, monsieur l'inspecteur... je perds un peu la boule avec tout ça..., mais chanter c'est mon boulot actuel, et j'ai quelques réflexes instinctifs...

– Bon, reprenons le fil des événements, mademoiselle, tout d'abord, vous avez vu ce tracteur...

– Oui, le Massey Ferguson est passé tous phares allumés devant ma ferme sur la voie qui mène au château du Plessis...

– Vers quelle heure ?

---

[8] Cette nouvelle a remporté le prix 2013 du concours de nouvelles policières au Festival Polar de Cognac

– Minuit passé...

– Bien, il s'avère qu'un vol d'objets de grande valeur a été perpétré, cette nuit, au château...

– À ce propos, je n'ai rien remarqué et je n'ai rien entendu.

– Et, ce matin, vous avez fait votre macabre découverte.

L'inspecteur poursuivit mon interrogatoire...

La veille, je n'avais guère eu la tête à épier les allées et venues nocturnes chez mes voisins, car je m'étais disputée avec mon fiancé qui me reprochait de chanter faux, de ne pas être aimable avec le public, de faire des caprices de star... Il m'avait assortie d'un florilège de reproches. Nous formions un duo de baloche, les Dream Catchers, les attrapeurs de rêves... en l'occurrence, un vrai cauchemar, car nous avions peu de dates et peu de motivation. Arthur était le guitariste-chanteur, et moi, Sofia, la chanteuse. Nous accompagnaient Ludo au clavier, Frank à la batterie et Benjamin à la basse. Nous tournions dans la région des Pays-de-Loire, guère plus loin...

J'étais tombée sur l'équipe de musiciens place de la gare de Cholet par une fin d'après-midi de l'été dernier. Je venais de rater le dernier train pour Angers et j'avais avisé un minibus pétaradant bourré de garçons, qui, d'après leur bavardage, attendaient quelqu'un en provenance du Croisic. Un beau brun à la frange gominée, dont le look avoisinait celui d'Elvis (jeune), se roulait une cigarette sur le marchepied du combi. Je m'étais plantée devant lui, peu à mon avantage, dégoulinant dans ma robe fripée, et lui avais demandé :

– Bonjour ! Iriez-vous du côté d'Angers, par hasard ?

Il avait pris tout son temps pour me reluquer, avait allumé sa clope avec un Zippo et avait lâché :

– Ça se pourrait...

J'étais naze, il faisait un temps caniculaire de plein juillet et je venais de me faire évincer pour un poste d'aide-bibliothécaire lors d'un ultime entretien. Je n'aspirais qu'à retrouver la quiétude de ma fraîche demeure et n'étais pas d'humeur à discourir avec un zigoto.

– Mais encore ?

– Tu fais quoi dans la vie ?

– Pas grand-chose...

– Tu chantes ?

– Bah... j'sais pas... ouais, p't'être... quand je repasse mon linge...

– C'est quoi ton répertoire ?

J'avais soufflé, excédée :

– Euh... Sheila, France Gall, Michèle Torr...

– Fais voir.

J'avais tourné les talons en lui lançant :

– Oh merde, tu fais chier ! J'me casse.

J'avais joint l'acte à la parole et j'avais tracé. Au bout de quelques mètres, quelqu'un avait agrippé mon épaule et je m'étais retournée. Elvis me souriait largement. L'aventure avait commencé...

Dans le minibus, où je fus invitée à monter pour un bout de route, les gars m'avaient expliqué qu'ils recherchaient une chanteuse. À vue de nez, ils avaient estimé que je ferais l'affaire et m'avaient proposé le boulot sans réserve... Ils m'avaient déposée devant chez moi, une ancienne fermette dans un bled en périphérie d'Angers, où je vivais seule. Elvis (qui se prénommait Arthur) était descendu aussi. Il prétendait me donner un coup de main pour déboucher mon évier, car, durant le voyage, j'avais évoqué des problèmes d'évacuation... Elvis, qui avait étudié la plomberie, tenait absolument à m'aider.

De fil en aiguille, devrais-je dire de rondelle en boulon, nous avions extrêmement sympathisé pendant ce dépannage, au point qu'il était devenu mon invité permanent, et moi, la chanteuse du groupe... À son avantage, Arthur dégageait un je-ne-sais-quoi de fabuleusement sexy, surtout quand il déambulait nonchalamment, torse nu, en jean troué... Il n'était pas d'un ordinaire causant. Il jouait de la guitare dans son coin, accomplissait les menus travaux de bricolage et d'entretien de ma bâtisse, et, c'était un très bon amant. Là, je ne pouvais pas faire la fine bouche, car je sortais d'un an d'abstinence, mon précédent ami m'ayant quittée sans aucune raison valable.

Face à l'inspecteur, je me tortillais sur la chaise de la cuisine, impatiente d'en finir avec l'interrogatoire...

Je me remémorais les dernières heures... Je m'étais réveillée avec la gueule de bois et une mine jaune coing. C'était ainsi chaque fois que je me disputais avec Elvis, j'attrapais une crise de foie. Peut-être parce que nous éclusions des verres de gnôle pour nous donner le courage de nous crier dessus. Notre propension à la querelle était infinie. À court d'idées et d'arguments nous finissions par des insultes et je passais par tous les stades de la colère avec une puissante envie de trucider Elvis... J'avais clos notre soirée grotesque en regagnant ma chambrette mansardée où je m'étais enfermée à double tour. Elvis n'avait pas du tout apprécié. Il avait tambouriné à ma porte en menaçant de la défoncer puis avait, subitement, abandonné la partie.

Le lendemain, j'avais émergé de mon lit et m'étais traînée, pieds nus, dans la cuisine au sol de carreaux disjoints. J'avais fait couler l'eau du robinet de l'évier pour m'en servir un grand verre que j'avais achevé sur le seuil de la porte. Elle s'ouvrait sur le pignon de la maison, en bordure du chemin vicinal sur lequel remontaient une voiture de police et une camionnette de pompiers, en direction du château du Plessis. En chemise de nuit blanche froissée, les cheveux en pétard, j'évoquais peu le lever gracieux de la Belle au Bois Dormant. Toutefois, les pompiers m'avaient gratifiée de grands gestes et de larges sourires. Les voitures avaient disparu dans un nuage de poussière jaune.

Elvis était invisible... Aussi bien dans la maison que dans le jardin. Je l'avais cherché jusque dans la grange et la niche délabrée du chien décédé. Le combi était garé, pas un seul des vieux vélos ne manquait et mon ami n'était pas du genre à commencer la journée par un jogging dans la campagne.

J'étais remontée à l'étage pour me doucher. J'avais enfilé un jean élimé, un débardeur blanc et mes vieilles tiags. J'avais ficelé la masse de mes cheveux en un chignon décoiffé et entrepris de faire un peu de ménage. J'avais collecté, dans un panier en osier, les bouteilles vides éparpillées un peu partout, cadavres oubliés de nos soirées festives... Dans un cliquetis de verre, j'avais pris le chemin du sous-sol en empruntant un escalier qui s'enfonçait dans le sol calcaire à partir de l'arrière-cuisine. Cela sentait la pierre humide, la moisissure ; il faisait frais et je frissonnais. Au bout des marches, j'avais débouché dans la cave, déjà éclairée, où s'étageaient des casiers de bouteilles et des barils de vin. Une appréhension soudaine m'avait saisie alors que j'entrevoyais une forme sur le sol de terre battue. En contournant un fût, j'avais eu la vision d'un corps allongé, le buste de côté, la tête cachée par une caisse renversée. J'en avais lâché mon chargement. Après m'être approchée et penchée, j'avais identifié Elvis qui n'était manifestement plus animé du moindre souffle... La chevelure sombre et en bataille de mon fiancé était auréolée d'une tache brune que je supposais être du sang. Un courant glacial m'avait tétanisée de la tête aux pieds. Au bout d'un temps indéfini, j'étais remontée à la surface en état de choc. Un homme rondelet et chauve, en costume gris, se tenait sur le seuil de la cuisine, cognant au carreau de la porte que j'avais laissée entrouverte. Il s'était immédiatement présenté :

– Inspecteur Lehon....

– Vous tombez extrêmement bien... je vous engage à aller d'où je viens, lui avais-je dit en désignant la descente de la cave, d'un doigt tremblant.

Quand l'inspecteur avait réapparu, il avait dépêché sur place une partie de l'équipe qui officiait déjà au château. Les pompiers avaient hissé Elvis sur un brancard et l'avaient embarqué dans leur fourgon.

L'inspecteur Lehon, dont la première intention était d'interroger le voisinage du château, consécutivement au vol, s'était retrouvé avec une deuxième affaire sur les bras...

Il m'avait questionnée du mieux possible compte tenu de mon état d'hébétement. C'est à ce moment que j'avais un peu déliré en chantonnant à propos du Massey Ferguson... En partant, le policier m'avait précisé que le corps d'Arthur serait autopsié de façon à déterminer la cause de sa mort et, probablement, de m'en disculper.

Les deux jours suivants, j'étais restée chez moi, prostrée, les yeux dans le vague. Je tentais de réaliser la violente disparition de mon fiancé. Les gars du groupe étaient injoignables. Pourtant, ils avaient dû apprendre la mort d'Arthur par le journal local.

L'inspecteur était revenu, m'indiquant qu'après vérification, c'était bien un tracteur Massey Ferguson, d'ordinaire entreposé dans un hangar à l'écart du bourg, qui avait servi à déménager les objets. Une remorque y avait été attelée. Des traces de pneus avaient été relevées jusqu'à la jonction avec la route départementale située plus bas, vers la Loire. Le gardien du château avait manifestement été drogué et n'avait rien vu, ne donnant l'alarme que le lendemain matin, en l'absence des châtelains.

M. Lehon m'avait réclamé un café. Nous nous étions installés à la table de la cuisine, l'un en face de l'autre. Il avait bruyamment touillé son breuvage avec sa cuillère pour délayer le sucre. J'attendais avec impatience qu'il veuille bien m'informer de l'avancée de l'enquête. Après un certain temps de réflexion, il avait annoncé :

– Mademoiselle Sofia, il s'avère que le groupe de musique auquel vous appartenez, les Dream Catchers, soit la couverture d'un gang de cambrioleurs activement recherché dans la région...

– Vous êtes sûr ?

– J'ai mené une perquisition chez l'un d'eux, le dénommé Ludo, car un antiquaire chez qui il faisait de la revente l'avait reconnu à partir de photos. Il a d'ailleurs identifié les autres, dont Arthur... Et, j'ai récupéré quelques pièces volées au château. Du coup, j'ai pu recouper les deux enquêtes en cuisinant Ludo. Il vouait un antagonisme farouche à votre ami...

– J'avais, en effet, remarqué que le courant ne passait pas entre eux... c'était gênant pour les Dream Catchers.

– Le soir où vous vous êtes disputés avec Arthur et où vous avez aperçu le tracteur, il était conduit par Ludo.

– Je ne l'ai pas reconnu... Mais Elvis, enfin Arthur, était avec moi !

– Arthur a provoqué cette querelle et il a retrouvé Ludo ensuite, pour le cambriolage...

– Comment a-t-il atterri dans ma cave la tête fracassée ?

– Ludo était revenu chez vous avec Arthur après avoir déchargé le butin avec l'aide des autres complices qui, eux, étaient partis avec... Les deux garçons se sont isolés dans la cave pour discuter, ils ont eu un différend sur la répartition des gains. Ils en sont venus aux mains et se sont mutuellement poussés. Arthur a glissé, il est tombé et a reçu un casier de bouteilles sur la tête... Ludo prétend qu'il n'a pas pu le ranimer. Arthur serait mort sur le coup. C'est également la conclusion de l'autopsie. C'était donc un accident. Il n'empêche que les membres du groupe seront inculpés pour leurs méfaits...

Je tombais des nues. L'inspecteur Lehon m'avait quittée en précisant qu'il se tenait à ma disposition si, toutefois, j'avais besoin d'autres explications. Je serais également amenée à témoigner dans le cadre du procès du gang.

Peu de monde était venu à l'enterrement d'Elvis. À cette occasion, j'avais découvert sa famille pour la première et la dernière fois. Durant la cérémonie, à l'église, je m'étais repassé le film de notre brève année de vie commune. J'étais à peine triste. Je crois bien qu'Elvis avait entraîné l'amour que je lui portais dans la tombe. Il m'avait bien mystifiée... À me dégoûter de pousser plus avant la chansonnette et de tomber à nouveau amoureuse.

Elvis ne possédait rien, juste quelques fringues qui bouchonnaient sur une étagère de mon placard dont j'avais fait un balluchon pour Emmaüs dès en rentrant de la sépulture. Ensuite, j'étais allée dans la grange. D'un large mouvement de bras, j'avais retiré une bâche en plastique noire et dévoilé une moto étincelant de tous ses chromes, une superbe Harley-Davidson... Elvis bichonnait cet engin dont il se servait très peu. Dans l'instant, j'ai décidé de m'inscrire, dès le lendemain, à des cours de pilotage.

La nuit suivante, je m'étais endormie, le sourire aux lèvres, avec une chanson en tête, « Je ne reconnais plus personne hors Harley-Davidson... ».

Une histoire corse

À Piana

Le cortège funéraire progresse lentement sur le chemin rocailleux, soulevant une fine poussière ocre. Une dizaine de personnes suivent le cercueil, drapé de noir, qui repose sur le plateau d'une charrette rudimentaire tirée par un cheval court sur pattes.

Isolée dans ses pensées, Letizia ne remarque pas les gens, surgis du fond de leur demeure, qui se signent sur le pas de leur porte ; elle n'entend ni leurs plaintes mêlées à des mots de réconfort ni le glas qui résonne au clocher de l'église.

Entourée par ses deux frères, elle avance dans une chaleur épaisse, au milieu d'une végétation jaunie, séchée par le mistral et le plein soleil.

Aujourd'hui, elle enterre son père.

Quatre jours auparavant, il n'était pas rentré à la maison pour le dîner et la nuit venue, toujours sans nouvelles, Letizia avait alerté son entourage ; personne ne savait où était passé Orso... Les gens du village avaient mené, sans succès, une battue aux flambeaux qui s'était étendue aux calanques alentours.

Le lendemain matin, le cadavre d'Orso Zévaco, ancien berger et braconnier, fut retrouvé au fond d'une ravine envahie de buissons épineux ; son corps désarticulé fut hissé sur un brancard et ramené chez lui afin qu'il soit toiletté et veillé par ses proches.

Le maire et le médecin de Piana, qui avaient participé aux recherches, conclurent à une mort accidentelle. Il fut supposé qu'après son passage à l'Hôtel de Piana, Orso s'était dirigé vers la forêt pour vérifier ses collets à lapins. L'éperon rocheux sur lequel s'élève l'hôtel est parcouru, dans son versant nord, de raidillons ébouleux dont la descente est dangereuse. Orso avait probablement perdu l'équilibre et chuté. Il n'y avait pas d'autre explication plausible.

Letizia ne s'attarde pas. Lorsque le cercueil de son père est descendu en terre, elle s'agenouille brièvement devant la tombe, fait le signe de la croix, puis, elle s'éclipse hors du cimetière.

Frêle silhouette mouvante, noir vêtue, elle regagne le centre du bourg. Son large jupon bat ses chevilles au rythme de ses pas rapides. Sa chemise lui colle à la peau. Tout en avançant, elle détache son foulard de dentelle et libère sa chevelure qui se répand, en vagues sombres et lustrées, dans son dos. D'un revers de manche, elle éponge son front perlé de sueur.

Elle remonte une ruelle pavée, franchit une courette coiffée d'un treillis de vigne, et s'introduit dans une maison basse, aux volets clos. Dans la cuisine, elle accède à un évier taillé dans le granit. Elle y verse de l'eau à partir d'un broc émaillé qu'elle replace sur la paillasse ; elle s'y rafraîchit les poignets, humecte ses tempes et son cou.

Elle vire dans la pièce en inspectant les placards et le garde-manger. Puis, elle dispose, sur la table en bois ciré, le *salamu*, le *broccio* et le *pana* avec quelques fioles de *vinu de Sciacarello*...

Bientôt la famille et les proches vont débarquer pour la collation d'usage après un enterrement.

Soudain épuisée, Letizia s'assoit sur la margelle en pierre de la cheminée. La tête entre les mains, elle ferme les yeux. Elle ressent fortement les vibrations émises par la vieille demeure. Les murs ont des secrets. Au fils des ans, ils ont enregistré les cris et les gestes de leurs habitants. Par moment, ils diffusent leur mémoire et Letizia est percutée par des visions qui alimentent ses propres souvenirs.

La mort de son père aiguise sa perception ; des images perturbantes, toujours plus précises, reviennent la hanter.

Elle se dresse soudain et file à l'étage, appelant vivement :

– *Caccàra, caccàra* ?

Elle se glisse dans une chambre obscure. Elle finit par distinguer la vieille dame, au lourd chignon blanc, enfouie dans son fauteuil, dont les yeux bleu marine, si semblables aux siens, percent la pénombre. La jeune fille chuchote : « *caccàra* ? ... » Un murmure enroué lui répond :

– C'est toi, enfin, *bella zitélla* !

Letizia se précipite et s'agenouille devant le fauteuil de sa grand-mère.

– C'est fini, *caccàra*, mon père est parti... Les gens vont venir pour manger un petit quelque chose, tu veux descendre ?

– Non, *bella*, je suis si fatiguée...

– Luigi peut te porter, il est costaud !

– *Bella*, je vais encore prier pour le repos de l'âme de mon fils, tu me raconteras...

Dans la courette éclairée par quelques lampes à huile, les dernières personnes s'attardent. Les flacons de vin sont vides. Letizia s'affaire et s'inquiète de savoir si chacun désire, encore, boire ou manger. Le regard de son frère s'attarde souvent sur elle. Lorsque les derniers convives ont filé, elle termine le rangement avec l'aide de Térèsa. Puis, elle rejoint Luigi sous la treille. C'est un grand jeune homme à la chevelure noire et bouclée dont les yeux luisent comme des escarboucles. En bras de chemise, il tire sur une cigarette roulée. Il annonce :

– Tu t'es bien débrouillée avec le service, *sorellina*...

– Merci...

– Je suis responsable de toi, désormais.

Letizia contemple son aîné de dix ans. Luigi habite Ajaccio depuis quelques années. Davantage animé par une idéologie à tendance gauchiste, il ne s'était jamais entendu avec leur bonapartiste de père. Lassé du solitaire et rude métier de berger des montagnes, Luigi avait quitté Piana à la première opportunité. D'abord intéressé pour s'engager dans la marine marchande, il avait traîné ses guêtres dans le port de la capitale corse et avait participé à plusieurs campagnes de pêche. Puis, il avait rencontré Fiora, dont le père était chef de cuisine au casino du bord de mer. Séduite, par l'allure et le bagout de Luigi, la jeune femme l'avait pistonné pour un poste de croupier dans l'établissement de jeux, et l'apprenti marin était resté à quai. L'intérêt réciproque que se vouaient les deux tourtereaux s'était achevé par un mariage auquel Orso n'assista pas, tant il était vexé par la désertion et la reconversion de son fils.

Luigi avait rappliqué à Piana dès l'annonce du décès du père. Il avait été surpris par l'apparence de sa sœur qu'il n'avait pas vue depuis fort longtemps. Quant à Raffaeli… il n'aurait jamais identifié le délicat garçonnet, blond aux yeux verts, comme étant son jeune frère. Lequel avait regagné l'Hôtel de Piana, à l'issue des funérailles. Il y aidait à l'intendance depuis l'obtention de son certificat d'études. Cet établissement de luxe avait été édifié en 1912 par un lord anglais, Sir James, qui était tombé amoureux du site de Piana et de son décor grandiose.

Brisant leur silence songeur, Letizia annonce :

– J'étais élève à l'école communale de Porto.

– Ça, je le savais...

– Et, je viens d'obtenir mon brevet supérieur.

– Félicitations !

– Mon professeur de français n'a pu convaincre *babbu* afin que je poursuive mes études.

– Pour quelle raison ?

– Notre père estimait que ce n'était pas convenable pour une « demoiselle » d'être trop savante. Il voulait que je trouve un poste dans l'administration, à Porto.

– Avec un brevet, tu le peux...

– Je peux aussi préparer le baccalauréat, à Ajaccio...

– Tu n'es pas un garçon !

– Bravo mon frère ! Je n'avais pas remarqué... Je te signale que, depuis 1924, les filles ont le droit de recevoir le même enseignement que les garçons, et...

– Et ?

– Je veux m'instruire ! Et j'ai envie de voir du pays, sinon, je vais mourir d'ennui par ici !

Letizia s'anime au fur et à mesure de la conversation. Elle vibre d'enthousiasme et son frère l'envisage avec curiosité. Elle enchaîne :

– Tu es le nouveau chef de famille ! Tu pourras mieux me surveiller, à Ajaccio.

– Il est vrai que tu n'as que quinze ans, *bella*...

– Alors, Luigi, c'est oui ?

– Qui veillera sur la *caccàra* ?

– Elle sait que je dois partir. Cousine Térèsa loge ici maintenant, elle s'occupe tous les jours de grand-mère Isolda.

– Par le sang de la *Madonna,* Letizia, tu as pensé à tout ! Quelle petite *streia* tu fais...

Pleine d'espoir pour l'avenir qu'elle a choisi, Letizia a du mal à trouver le sommeil. Elle vire dans son lit, faisant voler les draps de lin. Elle se concentre très fort afin d'influencer les pensées de Luigi... Elle est persuadée que l'on peut agir à distance sur l'esprit des gens. Dans la pièce voisine dort sa grand-mère. De l'autre côté se trouve la chambre de feu ses parents, celle où sa mère a rendu l'âme. Depuis, Letizia a toujours répugné à y pénétrer. Le souvenir de cette terrible nuit ne s'effacera jamais.

Il y a onze ans de cela, Orso, mobilisé pour la guerre, comme la plupart des Corses valides âgés de dix-sept à quarante-huit ans, était rapatrié du front de la bataille de Verdun, gravement blessé à la jambe par un tir d'obus. De retour au village, il apprit qu'il serait boiteux à vie et que sa femme allait accoucher. Privé de nouvelles de sa famille, il ne savait pas que Francesca était enceinte.

Cette nuit de novembre 1916, Letizia fut réveillée par les hurlements de sa mère, elle se précipita dans la chambre conjugale et trouva Francesca dans un bain de sang, se tordant de douleur sur sa couche. La veille, elle avait donné naissance à Raffaeli ; le petit bonhomme était parfait et la maman se portait à ravir ; ce qui n'était manifestement plus le cas...

Orso tournait en rond, le regard fou, en se tordant les mains. Il avait filé dans l'escalier, criant qu'il allait chercher le médecin. Grand-mère se pressait auprès de sa bru dont elle tamponnait le ventre d'un linge blanc qui rougissait à vue d'œil. Elle avait ordonné à Letizia d'aller se recoucher. La petite avait tenu la porte de sa chambre entrouverte pour suivre les événements... Son père était revenu, seul, affirmant que le docteur était introuvable. Isolda avait déposé Raffaeli dans le lit de sa sœur, avec un biberon d'eau sucrée, lui enjoignant de le surveiller, car leur maman était très malade.

Letizia perçut longtemps les râles de souffrance de Francesca avant de sombrer dans un sommeil cauchemardesque. Elle avait blotti Raffaeli contre elle, prenant garde de ne pas l'étouffer. Au petit matin, elle découvrit sa mère, superbement vêtue d'une chemise de dentelle immaculée, les mains croisées sur le ventre et, définitivement immobile. Elle semblait si paisible contrairement à Letizia dont le cœur se déchirait dans sa poitrine.

À l'époque, Luigi, déjà grand, était isolé dans une des bergeries où il s'occupait de troupeaux de moutons. Il n'assista pas aux obsèques de sa mère et en voulut à Orso de n'avoir pas pris la peine de le rechercher.

Dès lors, Isolda éleva les enfants, sous la stricte autorité de son fils.

Traumatisée, Letizia se replia sur elle-même, se créant un monde particulier peuplé de personnages romanesques. Elle excella à l'école primaire où elle apprit très vite à lire et à écrire, aussi bien le corse que le français. Elle avait l'esprit vif et une forme de sensibilité exacerbée qui aiguisait ses capacités littéraires et son talent pour la rédaction.

Très souvent, elle se retirait dans le *macchia*, se nichant dans les rochers granitiques des calanques. Elle trimballait dans son châle, ses romans préférés, une gourde d'eau et quelques figues.

La deuxième partie de sa scolarité s'était déroulée à Porto qui disposait d'un collège. Elle s'y rendait avec le bus, assurant la liaison de Piana à Vico, qui bringuebalait sur la route de la corniche, menaçant de se disloquer à chaque virage. La fillette appréciait ces trajets, au fil des saisons, dans un paysage abrupt aux collines chargées d'une végétation exubérante de chênes verts et de pins maritimes aux odeurs entêtantes de lavande, de myrte... Le car frôlait des ravins, côtoyait des gouffres qui plongeaient dans la mer, dans une nuée de poussière et de fumées d'essence. Il s'arrêtait pour céder le passage à un troupeau de chèvres, à des cochons sauvages ; parfois, il tentait de dépasser un âne harnaché de paniers en osier, chevauché par une vieille dame ridée, au teint de brique, coiffée d'un chapeau de paille.

La société d'après-guerre, en phase de renaissance et de reconstruction, avait reconsidéré le statut des filles et leur éducation. C'est, animé de cet esprit de modernisme, revendiqué par sa sœur, que Luigi lui permit de le suivre à Ajaccio, pour la rentrée scolaire de 1927.

Dans l'imaginaire de Letizia Zévaco, Ajaccio recelait d'activités éminemment distrayantes. La fillette du *macchia,* avait poussé telle une plante délicate et robuste, sous le soleil du Midi. Ses promenades dans les sentes rocheuses, ses baignades dans les criques sablonneuses, lui avaient forgé un corps agile et musclé que ses robes informes et sévères ne parvenaient jamais à enlaidir. Elle coiffait à peine sa luxuriante chevelure et ne protégeait pas son teint blanc mat de la lumière. Elle dardait ses yeux bleu marine sur son petit monde, et bientôt, sur celui plus ouvert de la capitale corse...

Aiacciu

Depuis un an, Letizia se rend du logement de Luigi, rue Notre-Dame, à la rue du Cardinal Fesch où est implanté le lycée du même nom. Elle a apprivoisé le rythme accéléré de son nouvel emploi du temps et s'est fait une amie parmi les vingt jeunes filles qui composent sa classe.

Ajaccio est une ruche où s'active et se croise une population faite de marins, de militaires, de touristes, et d'autochtones fiers de leur histoire et de leurs origines. Le souffle des Années Folles a diffusé jusque dans ce port méditerranéen cosmopolite et l'ancienne gamine de Piana s'y plonge à ravir, elle se sent maîtresse de son destin et se construit une personnalité.

Le premier jour de classe, sa tenue, son accent prononcé, ses façons ont fait la risée de ses camarades. À la fin de son calvaire, Letizia s'est cloîtrée dans sa petite chambre mansardée et s'est effondrée sur son lit, secouée par de lourds sanglots. Elle a refusé de descendre pour le dîner. Sa belle-sœur lui a arraché une explication entre deux crises de larmes ; la jeune fille voulait rentrer à Piana et se perdre dans les montagnes... Livia a compati :

– Désolée, je ne t'ai pas vue partir ce matin... J'aurais dû te prêter une toilette. Demain, nous irons t'acheter quelques robes cours Napoléon. Sèche tes larmes, *bella*, autrement, ton frère va me maudire de n'avoir pas été prévoyante.

Par la suite, Letizia a arboré de beaux atours. Elle a étrenné de fines chaussures et a réduit ses enjambées. Elle a assoupli son accent. Elle a ignoré les railleries des chipies de sa classe, soutenue par son amie Caterina, qui l'a rassurée :

– Elles sont jalouses de toi, car, même en haillons, tu es la plus belle et la plus fière !

Lors d'une récréation, Caterina a accroché le bras de Letizia et l'a entraînée sous les arcades voûtées de la cour du lycée.

– *Belleza*, je t'aime bien, je veux te confier un secret...

Letizia, peu encline aux cachotteries, s'est résolue :

– Je t'écoute...

Caterina a avoué qu'elle était amoureuse d'un superbe brun, aux doux yeux noirs, au sourire charmant.

– Comment s'appelle-t-il ?

– Ti-no... Tino Rossi. Il est chanteur ! Et il possède une voix divine et enchanteresse, s'est enthousiasmée Caterina.

– Tu le connais vraiment ?

– Je l’ai croisé, quelquefois ; il habite rue Fesch et j’ai entendu ses chansons en passant devant sa fenêtre. Il commence à devenir célèbre, tu sais !

– Où peut-on le voir ?

– Il se produit le soir, au café le Napoléon... Mais je ne suis pas autorisée à y aller !

Plus tard, les jeunes filles ont poursuivi cette conversation, comme bien d'autres, sur le balcon de la vaste chambre de Caterina dont la terrasse donne sur le port de plaisance. Le père de Caterina est un avocat réputé et la famille habite un petit *palazzo* brun-rouge à colonnades blanches, rue Forcioli-Conti. On y accède après avoir traversé un jardinet envahi de palmiers dont les feuilles s'agitent sous le vent. Letizia fut, d'abord, impressionnée et gênée par le luxe de la demeure et la fortune de ses occupants. Toutefois, l’amitié qui liait les deux filles était saine et sincère et s'affranchissait du clivage social. Si Letizia pouvait envier le milieu et l’aisance de son amie, cette dernière, pouvait jalouser la beauté frappante et la finesse de Letizia.

Quelquefois, Letizia rend visite à son frère, au casino, devant lequel s’alignent de superbes voitures. Des dames et des messieurs, à la dernière mode parisienne, s’extraient de limousines rutilantes, en riant, et se glissent à l’intérieur.

Luigi officie, désormais, comme barman et gère l'ensemble des serveurs. Livia participe à la réception de la clientèle, lors de soirées prestigieuses.

Ce dimanche de juin 1928, Livia et Letizia vont déjeuner au casino où Luigi les convie pour fêter la réussite scolaire de sa sœur qui vient d'obtenir son premier baccalauréat à l'issue de deux années d'études.

Pimpantes, vêtues de blanc, les deux femmes sont installées en terrasse, protégées des rayons du soleil par un large auvent festonné. Comme le veut la mode actuelle, Letizia porte une robe de soie lourde, ceinturée au niveau des hanches qui laisse voir ses mollets galbés ; elle est juchée sur des escarpins et arbore crânement un chapeau cloche. Livia est également remarquable, elle affiche la tranquille séduction d'une femme épanouie et sûre d'elle. En attendant Luigi, elles sirotent un cocktail Charleston, à base de Martini, de curaçao et de gin...

Légèrement grisée, Letizia pénètre dans l'établissement pour se rendre à l'espace toilettes réservé aux dames. Lorsqu'elle en ressort, son regard est attiré par l'affiche publicitaire près de la double porte d'entrée, qui liste les concerts proposés par le casino. Sont souvent programmés des orchestres de jazz, mais aussi quelques artistes, clones de Mistinguett, de Maurice Chevalier... Un nom et une photo font sursauter la jeune fille ; samedi prochain se produit un certain Tino Rossi... Le qualitatif de « chanteur de charme » accompagne le portrait de la jeune vedette.

Letizia à l'intention d'évoquer, de suite, *l'affaire* avec Luigi. Elle se détourne brusquement et atterrit sur la poitrine d'une personne qui la retient alors qu'elle chancelle.

– Eh bien, mademoiselle ! Il vous fait de l'effet à ce point, ce bellâtre ? retentit une voix grave.

Irritée, Letizia contemple celui qui lui fait face ; un grand blond aux yeux bleu très clair, en tenue d'officier avec une veste épaulée à boutons dorés. Il sourit à l'étourdie d'un air moqueur, laquelle n'envisage même pas de s'excuser pour son geste maladroit, elle réplique :

– Oui ! Qu'est-ce que ça peut bien vous faire ! C'est un artiste... et beau avec ça !

– Je joue du clairon ! Et je chante un peu, des refrains de troupe... Je vous fais un récital quand vous le désirez.

Letizia réprime un fou rire, elle ne veut pas avoir l'air d'apprécier l'humour assez familier du jeune militaire. Au contraire, elle lance sèchement :

– Non merci, ce n'est pas ma musique préférée.

– Qu'aimez-vous ?

– Le jazz Charleston...

– Ce n'est pas tout à fait le style de ce Tino.

– Oh ! Ce serait trop compliqué à vous expliquer...

– J'en suis désolé ! Je vous offre un verre ?

– Non merci, je suis en famille.

– Au plaisir de vous revoir ! Mademoiselle ?

– Letizia Zévaco.

– Enchanté ! Antoine de Changy, à très bientôt, Letizia...

La jeune fille esquisse un sourire fugace, puis elle rejoint le bar au plateau de marbre situé face à la baie donnant sur le bord de mer. Letizia se juche sur un tabouret et interpelle son frère qui prépare quelques boissons en agitant un shaker, derrière le comptoir.

– Luigi !

– Je vous fais servir d'autres cocktails ?

– Non, non...

– Je termine mon service et je vous rejoins pour déjeuner.

– Luigi ! Il me faut absolument deux places pour le concert de Tino Rossi !

– Tu aimes ce « roucouleur » ?

– Je veux faire une surprise à Caterina !

– Je vais voir ce que je peux faire, *bella*...

Ce soir de plein été, c'est l'effervescence au casino d'Ajaccio ; l'enfant du pays à la voix d'or y est attendu avec fébrilité. Une ribambelle de jeunes filles excitées, qui refusent de s'asseoir dans les rangées de fauteuils, se pressent devant la scène dont les lourds rideaux sont encore tirés. Caterina et Letizia n'échappent pas à la fièvre contagieuse et attendent avec impatience les premières notes de l'orchestre.

L'apparition de Tino Rossi fait monter une clameur hystérique qui doit s'apaiser afin qu'il puisse débuter son tour ce chant. Chaque refrain est repris en chœur par un public féminin conquis d'avance. Vêtu d'un costume noir, le séduisant chanteur se déplace en souplesse et fait vibrer son timbre envoûtant sur des chansons populaires ou à la mode.

Après plusieurs rappels, il parvient à s'échapper. Ses plus ferventes admiratrices pleurent et se pâment. Caterina, extasiée, a du mal à redescendre sur terre et Letizia l'entraîne à l'extérieur pour prendre l'air. Les deux amies déambulent sur la promenade et Caterina avoue :

– Ce que je ressens est indicible, mais cet homme ne sera jamais pour moi.

– Je crois bien... Luigi m'a dit que Tino Rossi allait quitter la Corse et qu'il était fiancé à une vieille de vingt-cinq ans.

– J'en suis fort triste...

– Allez, viens Caterinetta, rentrons dormir.

Les deux amies longent la mer, la tête perdue dans les étoiles et chantent : *« Tant qu'il y aura des étoiles, Sous la voûte des cieux, Y aura dans la nuit sans voiles, Du bonheur pour les gueux... »*

Retour à Piana

En même temps qu'elle suit sa dernière année au lycée Fesch, Letizia se prête à l'exercice d'institutrice-assistante ; elle s'occupe d'une classe de la « petite école », lors de loisirs. Elle est passionnée par le métier d'enseignante pour lequel elle se sent une vocation. Elle emmène souvent les enfants en promenades de découvertes.

Par ce joli mois de mai 1929, elle conduit sa petite troupe sur le port afin d'étudier l'activité qui règne sur les quais, en rapport avec les navires de commerce, les vaisseaux militaires... Des dockers tatoués se démènent autour d'un cargo dont ils déchargent les caisses au moyen de treuils grinçants. Un chalutier revient de la pêche avec son butin, poursuivi par une nuée de mouettes braillardes. Des marins en vareuse, dont le béret à pompon fait s'écrier de joie les enfants, circulent sur le ponton d'un navire de guerre, ils leur adressent des signes en sifflant.

Letizia remarque un peloton de militaires en exercice de marche sur l'esplanade ; elle distingue, plus particulièrement, l'officier qui dirige la manœuvre ; il ne lui est pas inconnu... Sollicitée par les multiples questions de ses élèves, elle reporte son attention sur eux.

Le petit groupe babillard, resserré autour de sa jeune maîtresse, ne passe pas inaperçu et constitue un charmant tableau parmi l'effervescence portuaire.

Malgré l'entraînement qu'il dirige, Antoine de Changy a identifié Letizia, il n'a pas oublié leur rencontre au casino, l'année dernière. Malgré quelques recherches et questionnements à la ronde, il n'a pu retrouver la jeune fille.

Quand il s'agit de garder le silence, les autochtones s'entendent parfaitement. C'est pour cela que sa charge de commandement auprès de sa compagnie de gendarmes, qui intervient contre les actions de vendetta et de crimes divers, est si dure à mener. Ici, la loi et l'ordre se règlent en privé. Certains de ses soldats sont devenus fous, d'autres sont morts, tombés dans des guets-apens. Bientôt, sa mission d'assurer la sécurité du territoire va se terminer et il va passer la main ; il va regagner son pied-à-terre niçois.

En repartant, Letizia, passe devant la vieille bohémienne, enveloppée dans des châles colorés, qui tient boutique dans un abri de fortune à la sortie du port. Ici, elle récupère quelque subside en dispensant la « bonne aventure ». Elle connaît bien la demoiselle qui a coutume de lui donner une piécette. Elle salue Letizia :

– Belle journée *cara mia* !

– Merci z*ingaro*.

Letizia se souvient de la fois où elle avait tendu sa paume de main à la bohémienne. Celle-ci avait tardé à s'exprimer...

– *Allora* ?

– *Cosi bella*, ne sois pas impatiente ! Tu vas voyager... Je vois un bel homme sur un bateau !

– Un marin ?

– Peut-être... Tu seras une femme importante, avec beaucoup de succès. Et puis... La bohémienne se signe.

– Et puis ?

– Des grondements de tonnerre déchirent le ciel et des éclairs de feu embrasent l'horizon ! Un aigle noir plane et obscurcit le monde. Satan impose sa croix. Je vois des cris, des larmes, des morts pour nos deux peuples...

– Nos deux peuples ? De quoi parles-tu ? Tu me fais peur...

– Tes enfants survivront *bella*, la paix reviendra après la souffrance et le chaos.

– *Basta* ! Je veux vivre, je veux être heureuse !

– Tu le seras aussi, *cara mia* !

Letizia replace soudain l'officier du port dans son souvenir. Le regard appuyé et la voix chaude d'Antoine de Changy l'avaient troublée. Elle pense souvent à leur rencontre, sans en rechercher une autre, elle s'en remet au destin.

La beauté de Letizia attire bien des regards. Plusieurs prétendants l'ont raccompagnée chez elle après des manifestations populaires où l'on danse et fait la fête... Livia, bien sûr, lui sert de chaperon ; toutefois, elle a pris l'habitude de fermer les yeux lorsque sa jeune belle-sœur esquisse quelques flirts. Mais, après ces petites aventures, aucun garçon n'a donné à Letizia le goût d'aller plus loin...

Dans quelques jours, Letizia se présente à l'examen final du baccalauréat. Elle s'est fait une alliée en la directrice de l'école qui apprécie son travail et l'aide à envisager son avenir...

Désormais, la jeune fille évite le domicile de Caterina depuis que le frère aîné de cette dernière, Simon, l'a demandée en mariage. Le garçon suit les traces de son père et sera bientôt avocat ; disert et maniéré, il est aussi maigre et nerveux que sa sœur est plantureuse et douce. Il a décrit à Letizia le genre de vie qu'ils mèneraient ensemble. Il a précisé que, même érudite, il ne serait pas question que sa femme travaille. Au mieux, elle pourrait gérer sa clientèle...

Par courtoisie, Letizia avait demandé un temps de réflexion avant de refuser la proposition. En réalité, elle était humiliée ; elle n'avait pas fui Piana et sa condition limitée pour tomber sous la férule d'un homme aussi rétrograde.

À l'issue de son dernier jour d'épreuves, Letizia est attendue, à la maison, par un Luigi très agité. Il l'informe que la *caccarà* est au plus mal et qu'elle réclame sa petite-fille à Piana ; lui ne peut se libérer. Dès le lendemain, il accompagne sa sœur à la gare routière.

Letizia parcourt les rues de son ancien village. Elle se souvient de chaque pierre, de chaque façade, elle traverse la place pavée avec sa fontaine. Quelques habitants lui sourient, d'autres ne semblent pas la reconnaître. Il faut dire que la gamine a changé ; partie telle une sauvageonne, en robe de grosse toile, elle revient en jeune femme à la toilette chic, avec une coiffure soignée et de beaux bagages.

Elle pénètre dans la maison, ses talons claquent sur le dallage de la cuisine. Elle retrouve l'habituelle odeur d'encaustique et de lavande qui imprègne la demeure. Cousine Térèsa est affairée à la préparation d'une mixture, elle lève la tête et se précipite :

– Letizia, enfin ! Ta grand-mère t'attend !

– Comment va-t-elle ?

– Je crois bien que c'est la fin...

Letizia se rue dans l'escalier. Dans la chambre close, elle découvre Isolda. Elle est devenue si menue qu'elle occupe à peine le lit, disparaissant sous les draps ; sa belle tête fine, aux yeux de saphir, repose sur l'oreiller.

– *Bella* !

– Je suis là, *caccarà* !

Letizia passe le reste de la journée auprès de sa grand-mère qui souffre d'un grave emphysème pulmonaire. Elle rafraîchit le visage de la malade avec un linge humide, lui fait boire de l'eau sucrée. Le médecin est venu, son diagnostic est sans espoir.

La jeune femme entame une longue période de veille, calée dans un fauteuil ; quelquefois, elle pique du nez, puis se réveille en sursaut ; la respiration d'Isolda est si ténue qu'elle l'entend à peine. La pièce est éclairée par la flamme dansante d'une bougie. Dans la nuit, la vieille dame s'agite, elle tente de lever la tête et sa respiration se fait sifflante, elle souffle :

– Letizia ! Il faut que je te parle...

– Demain, repose-toi.

– Si, fillette.

Letizia prend la main de la malade et se penche vers elle :

– Je t'écoute...

– Ta maman... Quand ton père est parti à la guerre, elle avait besoin d'argent, elle a travaillé à l'Hôtel de Piana, elle aidait au service. Tu te souviens comme elle était jolie, eh bien...

– Dis-moi.

– Elle est tombée amoureuse du propriétaire de l'établissement, le riche Anglais, lord machin-chose... Puis, ton père est revenu, quelques jours, en permission. Plus tard, Francesca a été enceinte. Et elle a accouché avec trois mois d’avance sur la date présumée de la conception ; or, le bébé n’avait rien d’un prématuré...

– Je ne veux pas te croire !

– Écoute-moi, petite... Ton père était là pour la naissance de Raffaeli, il venait d'être démobilisé ; le lendemain, il a fait avouer Francesca...

Isolda est exténuée, elle halète :

– Cette nuit-là, mon fils est devenu fou, il hurlait et cela m'a réveillée. J'ai entendu crier ta mère et je me suis précipitée dans leur chambre, Orso avait son couteau à la main et la pauvrette se tenait le ventre, debout près du montant du lit. Elle pleurait : « Tu m'as tuée ! »

Letizia est pétrifiée d'épouvante, elle appuie ses deux poings contre sa bouche et gémit :

– Je me souviens de cette horrible nuit...

– J’ai aidé Francesca à s'allonger et j'ai pansé sa plaie. Elle souffrait et je lui ai donné de l'extrait de pavot. Ta mère a trépassé, dans la nuit.

– Le médecin n'a-t-il pas examiné le corps ?

– Non, il a seulement constaté le décès...

– Pourquoi n'as-tu rien dit ?

– Cela n'aurait rien changé.

– Mon père, ton fils est un assassin ! Il devait payer !

– Vous n'aviez déjà plus de mère...

– Ce n'était que justice ! Je comprends pourquoi j'étais si mal en présence de mon père et pourquoi cet endroit m'a souvent fait horreur. Il est marqué par le sceau du crime de sang !

– Pardonne-lui *bella*, pardonne-nous... Je t'aime tant petite, tu le sais...

Letizia n'a pas lâché la main de sa grand-mère. Laquelle est frêle au point de se briser. Elle voudrait pleurer, mais ses larmes ne s'écoulent pas et lui brûlent affreusement la gorge. Puis, elle réalise que les doigts d'Isolda sont devenus inertes...

La vieille dame s'en est allée en se libérant de son secret. Letizia se penche vers sa grand-mère, l'embrasse, et lui murmure :

– Je t'aime *caccàra*, pars en paix...

Nissa la bella

Depuis le ponton du *Pascal Paoli*, Letizia voit son île diminuer au fur et à mesure que le paquebot s'éloigne dans une écume bouillonnante. Appuyée au bastingage, sa chevelure sombre flotte en arrière, elle chuchote :

– Adieu *Corsica*, mon amour.

Les larmes jaillissent de ses yeux et s'écoulent en sillons réguliers le long de ses joues... Ses sanglots s'entrechoquent dans sa poitrine, cela fait deux mois qu'elle se contient, depuis le décès de la *caccarà*...

Le deuil, le choc des révélations, ne lui avaient pas tiré une larme et la stupeur avait bloqué son chagrin ; mais, depuis que le bateau a largué ses amarres, elle peut s'épancher.

À l'obtention de son baccalauréat avec mention, elle a gagné le droit d'étudier à l'École normale supérieure de Nice où sont formés les futurs enseignants de la République. Luigi avait cédé devant les prières conjuguées de sa sœur et de la directrice de l'école. Letizia pouvait prétendre à une bourse d'études. Ainsi, à Nice, elle serait instruite, logée et rémunérée...

Le cœur lourd, toutefois, la jeune fille avait fait ses bagages. De Piana, elle emportait quelques souvenirs et des secrets ; deux autres personnes savaient la vérité...

***

Le lendemain de la mort de sa grand-mère, Letizia prit le chemin qui menait à l'Hôtel de Piana. Le bâtiment en pierre de pays, de style rococo, s'élevait insolite et étrange, sur un promontoire granitique.

Elle entra dans le vestibule dallé et demanda à être reçue par Sir James. Elle traversa une enfilade de salons baignés de lumière, à la décoration raffinée, à la suite d'un employé qui la mena dans un bureau. Devant une lourde bibliothèque se tenait un homme mince et blond, en costume blanc :

– Bonjour Letizia, je t'attendais...

La ressemblance de Sir James avec Raffaeli était si frappante qu'elle poussa un cri. Pourquoi avait-elle ignoré cette évidence ? L'homme sourit amèrement et dit :

– J'ai pensé un instant que Francesca me revenait... Tu as son allure.

– Ma grand-mère a parlé.

– Viens...

Il entraîna la jeune femme sur la terrasse blanche nappée de soleil qui prolongeait la pièce et dominait la vue prodigieuse du golfe de Porto. Au loin, de fines goélettes se détachaient sur les flots. L'air était doux, chargé de parfums puissants. Sir James enveloppa le panorama d'un large mouvement de bras.

– Je voulais partager tout cela avec elle, je l'aimais... Elle devait me rejoindre avec l'enfant.

– Je m'étonne que mon père vous ait épargné après ce qu'il a fait à ma mère.

– C'était la vengeance d'Orso. Il est venu me dire qu'il l'avait tuée, mais qu'il me laissait en vie. Il estimait que j'en souffrirais davantage.

– Il vous a rendu visite, le jour de sa mort.

– Nous devions signer des papiers pour Raffaeli dont je voulais faire mon héritier. Le gamin était un poids pour lui, il était content de s'en débarrasser. J'ai indiqué qu'il devait être insupportable de s'occuper d'un enfant dont on avait tué la mère. Il m'a précisé une dernière chose ignoble, à savoir que, le soir de la mort de Francesca, il avait fait semblant de rechercher le docteur... Il ne pouvait prendre le risque qu'elle soit examinée. Mais, les murs ont des oreilles. Et Raffaeli a dû entendre notre conversation. Il était derrière la porte quand nous sommes sortis. Il a demandé à celui qu'il appelait son père s'il pouvait l'accompagner pour relever les pièges à lapins, comme ils le faisaient, parfois. Je les ai vus se diriger vers les calanques. Quelque temps après, Raffaeli est revenu seul, il m'a adressé un regard terrible, et il a filé se coucher. Bien plus tard, je lui ai parlé de notre lien familial, il m'a dit qu'il savait déjà...

– *Dio* ! Que de crimes impunis !

– Letizia, s'il y a bien une chose que j'ai apprise en Corse, c'est que les affaires de famille se règlent... en famille.

Letizia a fait un dernier tour dans la maison, elle en a confié la garde à Térèsa. Elle partait... Piana était dans son âme, dans son corps. Elle était faite de cette matière, de cette lumière. Elle reviendrait, un jour. En attendant, sa vie allait continuer, ailleurs, dans un univers en expansion.

***

– Letizia !

L'île n'est plus qu'un point à l'horizon. Hagarde, le visage humide et chiffonné, elle détourne à peine le regard, elle constate :

– Vous !

Le jeune homme s'accoude à la rambarde et se penche vers elle :

– Vous pleurez, mon cœur...

Elle secoue la tête, plaque ses mains sur ses joues pour essuyer ses larmes et demande :

– Que faites-vous là ?

– Je rentre chez moi.

– Moi, j'en pars...

– Dites-moi...

Ses yeux mouillés s'accrochent au regard éclairé d'Antoine. Sa poitrine s'élargit et palpite, elle respire enfin, elle sourit bravement à son interlocuteur :

– C'est une longue histoire...

– J'ai tout mon temps.

Letizia pose sa main sur l'avant-bras tendu du jeune homme. Elle parle et il l'écoute.

Ils accordent leur pas et s'éloignent sur le pont du bateau qui vogue vers le continent...

Le Roi Lézard

« There's a killer on the road... If you give this man a ride, Sweet family will die... ». Le jeune homme fredonnait alors qu'il poussait la porte du Tonnerre de Brest, bar-restaurant côtier de la commune de Santa-Monica. De belle allure, il portait un jean délavé, une chemise ample et une guitare en bandoulière. Il s'était installé à une table, posant son léger bagage à côté de lui, sur la banquette. L'établissement occupait une des multiples baraques édifiées sur l'esplanade, en bordure de l'océan. Ce matin, à l'ouverture, Julian, l'employé, y passait un dernier coup de balai et replaçait le mobilier.

L'affaire était tenue par Francis Vergneau qui proposait une nourriture « à la française ». Quotidiennement, il s'affairait derrière ses fourneaux, laissant mijoter ses faitouts dont il extrayait des plats qu'il servait en continu. C'était un ancien cuistot de la marine marchande qui avait bourlingué sur les quatre mers. Il avait quitté Brest, sa ville natale, après avoir fait le deuil de sa fiancée, qui, lasse de guetter ses apparitions dans le port breton, avait préféré épouser un instituteur. Francis avait délaissé les pontons arrosés et les cales inondées des chalutiers pour écoper dans sa propre cambuse. Il avait échoué dans cette banlieue chic de Los Angeles, paradis de la villégiature et avait converti en cantine un baraquement, le meublant de bric et de broc dans un décor aux motifs psychédéliques pour coller à l'ambiance actuelle.

Voisinant des échoppes de fringues et de souvenirs, le Tonnerre de Brest disposait d'une terrasse aménagée sur le remblai. S'y tenaient des représentations musicales, au hasard des passages d'artistes en mesure de plaquer trois accords sur une guitare et de pousser la chansonnette. Ce 2 juin 1970, aucun concert n'était prévu. Francis Vergneau ne s'en inquiétait guère ; pour le moment, il épluchait des patates et surveillait la cuisson de son bouillon d'écrevisses. Il guettait l'arrivée d'Anita, régulièrement en retard. Elle aidait à la confection des plats, dressait les tables, prenait les commandes et servait la clientèle tandis que Julian gérait le bar. Ce dernier était étudiant en maîtrise de cinéma à l'Université de Californie de Los Angeles. Il en pinçait pour Anita, jeune routarde d'un blond vénitien qui lui avait tapé dans l'œil alors qu'elle faisant la manche en bas de chez lui. Vêtue d'un jupon fleuri, d'un tee-shirt moulant, les cheveux épars sur les épaules, elle avait levé sur lui des yeux lourds, chargés de khôl. Au lieu de la gratifier de quelques piécettes, Julian lui avait proposé de prendre un repas...

Au Tonnerre de Brest, il avait juché Anita sur un tabouret au bout du bar et lui avait réchauffé un ragoût de la veille qui collait au fond d'une casserole. Peu loquace, elle l'avait remercié d'un mouvement de tête et Julian n'avait plus entendu que le brassage de ses mandibules. Rassasiée, elle lui avait appris qu'elle venait d'un bled en périphérie de Chicago et qu'elle rêvait d'intégrer une troupe de comédiens en Californie. En attendant, Francis l'avait embauchée, car la précédente serveuse venait de rendre son tablier. Mignonne et avenante, Anita attirait la clientèle et le Tonnerre de Brest y avait gagné en fréquentation.

Toutefois, ce jour, elle ne s'était pas encore manifestée...

Le jeune homme à la guitare déplia ses jambes et s'approcha du bar dont Julian briquait le plateau en bois. D'une voix douce et grave, il demanda s'il pouvait utiliser le téléphone.

– Vous avez besoin de pièces.

– Pouvez-vous me faire de la monnaie ?

Julian débloqua la caisse enregistreuse et le tiroir s'étira dans un bruit de sonnette. L'inconnu tendit un billet froissé que Julian déplia, disant :

– C'est votre titre de transport depuis Portland.

– Excusez-moi.

Le garçon mit le ticket en boule et le délaissa sur le comptoir, il proposa un billet d'un dollar tout aussi froissé et Julian lui remit quelques quarters et cents en échange.

– Merci, je m'appelle Jimmy.

– Moi, c'est Julian.

Jimmy brandit le journal du jour sur lequel il avait entouré des petites annonces, il confia :

– Je dois passer quelques coups de fil, je cherche du travail.

– Quel genre de boulot ? s'enquit Julian.

– Je suis surtout musicien, dit Jimmy en désignant sa guitare, mais je peux dépanner...

– Tu pourrais intéresser le patron, je vais lui demander.

Julian disparut par la porte de l'office situé derrière le bar et Jimmy empocha la monnaie dans son jean. Le jeune serveur revint avec Francis, bedaine en avant, drapé dans un tablier constellé de taches. Ce dernier reluqua Jimmy et proféra :

– C'est d'accord, tu commences ce soir.

– Je ne fais pas d'essai ?

– Pas la peine, tu attireras toujours du monde en grattouillant... Et pis, t'as une belle gueule, tu dois plaire aux filles. T'es tout à fait le genre d'Anita, elle aime les beatniks aux cheveux longs.

– Anita ?

– C'est ma serveuse, elle a plein de copains qui squattent ma terrasse jusqu'à pas d'heure... D'ailleurs, en l'attendant, tu vas m'aider pour la popote.

Jimmy remisa son sac à dos et sa guitare dans un coin puis passa dans un réduit tenant lieu de cuisine qui comportait une table de travail en inox sur laquelle trônait un monceau de pommes de terre et d'énormes écrevisses. Francis lui tendit un tablier. Jimmy attrapa un couteau sur la table et s'appliqua à la production de longues pelures tout en chantonnant.

Julian vérifia sa réserve de boissons, remplit des carafes d'eau qu'il plaça dans le réfrigérateur. Il nettoya la terrasse, déplia les parasols. Il refit un grand pichet de café dont il proposa une tasse à Francis et à Jimmy. Un odorant fumet d'aromates envahit le restaurant.

Depuis le pas de porte, Julian inspectait l'horizon. La plage s'étendait de part et d'autre au-delà de l'emplacement des bicoques. À droite de la baie, une rangée de palmiers faisait écran avec la mer. Julian y distingua un attroupement inhabituel et cet espace fut envahi par des véhicules de police et une ambulance. Une ribambelle de flics se déploya. La perplexité de Julian céda à la curiosité. Mû par un pressentiment, il se dirigea vers l'agitation. Des policiers et du personnel médical s'affairaient. Puis, un brancard supportant une housse en plastique complètement zippée sur un corps apparut pour être enfourné à l'arrière de l'ambulance. Louvoyant parmi les uniformes, Julian tenta de s'approcher, un flic se dressa devant lui.

– Qui est-ce ? s'enquit Julian.

– Une jeune femme...

– Identifiée ?

– Pas encore.

– Je suis sans nouvelles d'une amie depuis hier soir.

Le flic hésita puis fit progresser Julian jusqu'au véhicule. Un médecin ouvrit l'emballage mortuaire. Un visage blanc, délavé, recouvert de cheveux roux et poisseux apparut. Des marques bleuâtres s'étalaient autour de la bouche, des yeux et du cou. Julian se sentit défaillir, il venait de reconnaître la bouille décomposée d'Anita. Le policier l'épaula en disant :

– Vous la connaissez ?

– C'est Anita, la serveuse du restaurant où je travaille.

– Monsieur, vous allez me suivre pour une déposition.

En milieu d'après-midi, l'ambiance était crispée au Tonnerre de Brest. Julian, revenu du commissariat avait informé Francis Vergneau du décès d'Anita. Le patron n'avait pas estimé judicieux de fermer son commerce en hommage à son ancienne employée ; aujourd'hui, la recette serait juteuse grâce à la morbide actualité…

Le lieutenant Gloria Pepsovna pénétra au Tonnerre de Brest en repoussant énergiquement la double porte battante. Fine et nerveuse dans son tailleur-pantalon bleu marine ouvert sur un chemisier blanc, les yeux dissimulés par des Ray-Ban Aviator à verre miroir, elle claquait le plancher de ses escarpins rouges, agitant ses longs cheveux bruns et lisses au rythme de sa démarche. Son regard circula dans la pièce puis se fixa sur Jimmy, avantageusement installé au comptoir. À demi assis sur un tabouret, il grattait sa guitare et chantait sourdement *« Riders on the storm... If you give this man a ride, Sweet family will die... »**[10]

Gloria l'apostropha d'une voix rauque : « Eh vous ! Je cherche le tenancier ! »

Le jeune homme lui répondit, sans cesser de jouer, « Je vais vous l'appeler. » Il héla l'intéressé à travers l'ouverture de la cuisine. Francis parut, la taille ceinte par son inévitable tablier qui avait encore gagné en salissures. Le lieutenant pointa vers lui une main élégante aux ongles manucurés, fit claquer un chewing-gum dans sa bouche, remuant ses lèvres pulpeuses, et balança :

– Vous êtes le patron de cette gargote ?

– Gargote ? Ceci est un restaurant de cuisine française ! Madame ?

– Agent Pepsovna, brigade criminelle, police de Los Angeles. Vous étiez l'employeur d'Anita Patakis. Vous n'êtes pas sans savoir qu'elle a été retrouvée morte sur la plage, ce matin. J'ai quelques questions à vous poser.

Francis Vergneau s'installa avec la policière dans l'espace le plus reculé de la salle. Gloria Pepsovna préleva un carnet à spirale et un crayon à mine dans la sacoche qu'elle portait à l'épaule et mena son interrogatoire. Elle prit des notes, faisant tourner son gum dans sa bouche. Puis, elle demanda à parler à l'autre employé. Francis lui dépêcha Julian, lequel précisa qu'il avait déjà été entendu.

– En effet, j'ai le procès-verbal. On m'a confié l'affaire, car il s'agit d'un homicide. Une première analyse a révélé des substances toxiques dans l'organisme d'Anita, mais elle est morte étranglée...

– Non !

– Monsieur Vergneau m'a dit que vous connaissiez bien mademoiselle Patakis...

Julian relata la façon dont il avait rencontré Anita, il y a trois mois.

– C'était votre petite amie ?

– Les premières nuits où je l'ai hébergée, nous avons couché ensemble.

– C'était sa participation au loyer, je suppose ?

– Pas du tout, c'est elle qui m'a sauté dessus dès le premier soir, elle aimait beaucoup le sexe et les garçons. Par la suite, elle s'est trouvé une piaule dans le quartier des dealers.

Gloria Pepsovna propulsa son chewing-gum au bord de ses lèvres, le préleva du bout de ses doigts aux ongles laqués et le roula en boule avant de le coller dans un cendrier en inox. Elle sortit un paquet de Kool Menthol et un briquet de son sac, dégagea une cigarette d'un geste précis, l'alluma et souffla la fumée au-dessus de la tête de Julian qui, depuis quelques secondes, était hypnotisé par les gestes du lieutenant. Elle poursuivit :

– Comment s'est passé le service hier soir ?

– Nous avons travaillé tard, comme d'habitude.

– Votre patron m'a dit qu'il fermait les portes à une heure du matin, mais qu'un certain nombre de personnes avaient pris l'habitude de traîner sur la terrasse pour finir les verres. Quand il a quitté les lieux, vous étiez encore là avec Anita, comment était-elle ?

– Un peu pompette... elle riait beaucoup.

– Avec quelqu'un en particulier ?

– Non...

– Pas de tension dans l'air, de disputes ?

– Non.

Gloria écrasa son mégot. Elle suçota son crayon, pensive, et ajouta :

– Ah oui, un dernier truc ! Anita avait un petit tatouage, éphémère, sous le sein droit, il représentait un genre de reptile, un lézard peut-être...

– Je ne lui connais pas ce tatouage.

Gloria mit fin à l'entretien en se levant, elle désigna Jimmy d'un signe de tête et demanda :

– Et celui-là... vous l'avez également présenté à votre patron, paraît-il.

– En effet, il a débarqué à Santa Monica ce matin.

– Vous ne l'aviez jamais vu auparavant ?

– Jamais.

Gloria fondit sur Jimmy, toujours perché, qui fredonnait, penché sur sa guitare. Elle lâcha : « Vous, suivez-moi dehors. »

Sur l'esplanade éclaboussée de soleil, la jeune femme réajusta les lunettes qu'elle avait conservées sur son nez. Elle arpenta la terrasse et vint se planter devant Jimmy qui la contemplait en récitant une de ses compositions au sujet de filles énervantes.

Le lieutenant pêcha une autre cigarette dans sa sacoche, l'alluma, puis jeta :

– Votre nom ?

– Jimmy Manson.

– Vous n'êtes qu'un post-figurant du drame, monsieur Manson, d'où venez-vous ?

– D'un peu partout, je chante dans les clubs, les bars...

– Poète itinérant ?

– J'ai fait des études de musique et de cinéma à Melbourne, puis j'ai eu envie de tracer la route. Je n'ai pas d'itinéraire précis, je me pose en fonction des rencontres. D'ailleurs, si vous voulez découvrir mes compositions, je joue ici ce soir.

– Je n'ai pas trop le temps de traîner dans les bars, surtout avec cette morte sur les bras.

– Considérez que ça fait partie de votre travail et que vous enquêtez dans le périmètre du crime.

– Comment savez-vous que c’est un crime ?

– Je m’en doute avec tout le tintouin que vous faites...

Le lieutenant émit un petit rire, cala son sac sur l'épaule et pivota sur ses escarpins rouges, puis, elle freina son élan, se retourna et ajouta : « À propos, la symbolique du lézard, ça vous inspire ? » Jimmy fixa le lieutenant d'un air réfléchi, puis confia : « Dans la culture indienne, le lézard est un animal libérateur, il porte le souffle protecteur des dieux. Il procure la sagesse, le renouveau spirituel... »

– Rien que ça ! Merci... ironisa Gloria Pepsovna en s’éloignant pour de bon, la chevelure au vent, la démarche chaloupée et aérienne, étonnamment à l'aise sur ses hauts talons.

***

Jimmy Manson déclamait ses textes d’une voix chaude et profonde, s'accompagnant d'un jeu de guitare léger. Il était question de chaman, de transmutation, d'herbes sauvages, de sexe, d'amour, de folie, de meurtre, de liberté... Ses mots, incantatoires, captivaient un public aux allures de beatniks, échoués sur le sable. Les regards convergeaient vers le chanteur hiératique qui se tenait face à l'océan. Quelquefois, une exclamation, un rire, fusaient au-dessus des têtes.

Il tint l’auditoire, sous son charme, pendant plus de deux heures ; lui ouvrant les portes vers l'inconnu et l'onirique, éveillant sa sensibilité. Il parlait de « portes » qui permettaient d’accéder de « l’autre côté »...

Une gracile silhouette, à la peau dorée, en longue robe fluide, portant une capeline blanche et chaussée de sandalettes brodées, s'était glissée dans le parterre de spectateurs. Comme tout le monde, elle fut captivée par Jimmy et, comme toutes les filles, pensa qu'il s'adressait à elle lorsqu'il balaya l'assistance de ses phrases évocatrices à propos de sublimes relations amoureuses.

Elle se sentit transpercée par le regard de Jimmy et en éprouva des frissons. Des joints de haschich circulaient et elle tira dessus, en symbiose totale avec l'assemblée. Après trois rappels enfiévrés, Jimmy posa son instrument. Il saisit une chope de bière qu'il vida d'un trait.

Autour de la jeune femme, les gens se levèrent, faisant des commentaires enthousiastes. Elle demeura assise, les bras autour des genoux, les yeux dans le vague...

Soudain, *il* fut là, devant *elle*, sa silhouette se détachant en ombre chinoise. Il s'accroupit, rapprochant son visage du sien, soufflant doucement : « Je vois enfin vos yeux... ils ont la couleur de la nuit... bleu marine. Je vais pouvoir sonder votre âme... Cette tenue vous va bien, aussi... Vous êtes une femme pleine de ressources mademoiselle Pepsovna. »

Gloria bafouilla, décontenancée par cette approche très familière, « Je... J'ai suivi votre conseil... Je mène l'enquête. »

Il rit sourdement : « Adorable bébé... » et chantonna deux-trois vers d'une romance.

Si proche, il dégageait au maximum un magnétisme animal et hypnotique. Il se redressa, Gloria, étourdie, tenta de se lever. Elle trébucha et atterrit sur la poitrine de Jimmy qui la garda contre lui avant qu'elle ne se dégage doucement.

– Que puis-je faire pour vous être utile, lieutenant ?

– Gloria...

– Gloria, avez-vous soif ? Froid ? Avez-vous le blues ? *« I'm the Lizard King, I can do anything » (« Je suis le Roi Lézard, je peux tout » – extrait de « Celebration of the Lizard », The Doors)*

Gloria Pepsovna libéra sa chevelure soyeuse en retirant sa capeline qu'elle laissa tomber sur le sable, elle chuchota : « Je suis assoiffée, trouvez-moi à boire. »

Il revint avec deux verres remplis d'un liquide vert opalescent. « J'ai préparé cette mixture dans la soirée, c'est un petit cocktail à base de plantes... » Gloria sirota la boisson et apprécia :

– C'est délicieux, frais, parfumé.

– Comme vous.

– Jimmy Manson, cessez de me faire du gringue !

Jimmy attrapa Gloria par le coude, proposant : « Marchons un peu... » Ils remontèrent sur la promenade et déambulèrent en silence dans l'allée fantôme aux bicoques closes. Quelques lampadaires diffusaient une lumière faiblarde. Le vent marin animait les palmiers qui ployaient leurs branches au-dessus de leurs têtes. Gloria frissonna et Jimmy l'entoura d'un bras. Elle avoua :

– Je ne crois pas que notre attitude soit très professionnelle. Vous faites partie de mon enquête...

– Je ne suis ni suspect, ni même témoin. Et puis, vous êtes en plein boulot !

– Oh, arrêtez avec ça !

Ils dépassèrent l'endroit où avait été retrouvé le corps d'Anita, le matin même. La scène de crime était ceinturée par un ruban coloré. Ils s'éloignèrent et repassèrent sur la plage quelques mètres plus loin. Ils longèrent la grève, assourdis par le roulis des vagues. Gloria soupira :

– Je me sens faiblir, je ne peux plus avancer.

– Faisons une halte.

Ils s'allongèrent derrière une dune, à l'abri du vent et des embruns. Leurs yeux s'abîmèrent dans la voûte céleste et ils entreprirent de compter les étoiles filantes. Gloria murmura :

– On dit qu'une étoile filante est une vie qui part...

– C'est peut-être l'âme d'Anita qui fuit...

– Elle rejoint le paradis.

– Parle-moi de *toi*, Gloria.

– D'habitude, c'est moi qui fais parler les autres. Jimmy, je crois bien que *tu* abuses de ton charme surhumain.

– Que diable fais-tu dans la police ?

– J'ai cherché un cadre, des règles, une famille.

– Raconte...

– Mon père, Ivan, était un Russe blanc, le comte Pepsovnitch. Il a fui son pays pendant la révolution bolchevique et a vogué vers le pays de la liberté, l'Amérique ! Il a abordé à New York, pauvre comme Job, la ville ne lui a pas convenu. Il voulait de la chaleur, du soleil, et a opté pour la Californie. À l'époque, c'était l'explosion cinématographique, il a trouvé plein de petits boulots à Hollywood : chauffeur de stars, interprète... Il a figuré dans *Autant en emporte le Vent*. Il a failli cramer lors de la scène de l'incendie d'Atlanta. Les décors de *King Kong* y furent enflammés et il a reçu une poutre incandescente sur le corps. Il s'en est sorti avec des fractures et des brûlures. Un jour, au détour d'un studio de tournage, il est tombé sur ma mère, Lauren, une nymphette qui doublait Ester Williams sur les plongeoirs et Cyd Charisse dans les ballets. Il en est tombé amoureux fou. Ils se sont mariés. Au départ, mes parents s'adoraient, puis, ma mère qui espérait toujours décrocher le rôle de sa vie, s'est mise à tromper mon père, par intérêt, avec des agents artistiques et des producteurs. Elle est tombée enceinte de moi en 1945. Je suppose qu'il s'agissait de l'œuvre de mon père... Il a bataillé pour qu'elle garde le bébé.

– Ma pauvre chérie, si seule et malheureuse...

– Exactement ! J'étais à peine née que mes parents divorcèrent. Mon père, tel un comte slave déchu noya son chagrin dans des litres de vodka. Un soir qu'il était plus saoul que d'habitude, il est passé sous un tram et il n'y a pas survécu. Ma mère n'avait guère le temps de s'occuper de moi, elle privilégiait son plan de carrière. Toutefois, elle n'avait pas prévu d'attraper la vérole, dont elle mourut. Je fus placée chez sa sœur qui avait épousé un policier du LAPD[9]. Orpheline, désormais, ce nouveau foyer fut ma première vraie famille. J'adorais mon oncle, il m'a donné envie d'entrer dans la police. Il faut croire que j'avais besoin d'une vie ordonnée et calibrée.

– Quand je t'ai vue débouler chez Francis, tout à l'heure, j'ai pensé à l'entrée d'une star.

– Je tiens peut-être ça de ma mère, j'ai un certain sens du spectacle. Mais, la machine à broyer d'Hollywood ne me conviendrait pas...

– Pourtant, ta vie est digne d'un scénario original.

– La tienne aussi, on dirait.

Jimmy redressa la tête, il observa Gloria, allongée, apaisée...

– Comment te sens-tu ?

– Mon esprit s'évade...

Il caressa les cheveux de la jeune femme ; les lèvres rapprochées de son visage, il murmura des mots d'amour.

Gloria se sentit décoller. Jimmy lui embrassa les paupières, les joues, le cou... Une chaleur irradia toutes les particules de son corps et imprégna son cerveau d'ondes bienfaisantes. Jamais elle n'avait éprouvé une telle plénitude. Le temps se suspendit... Leurs deux corps fusionnèrent dans un accord parfait. Puis, le corps de Jimmy devint lourd et pesant, sans délicatesse. Un sentiment d'oppression submergea Gloria, elle eut la sensation qu'un gros reptile glauque la recouvrait de sa masse gluante, l'étouffant de ses pattes écailleuses. Elle chercha sa respiration, un étau douloureux lui serrait la gorge.

---

[9] LAPD : Los Angeles Police Department.

Elle tenta, en vain, d'appeler Jimmy. Frappée de douleur, elle perdit connaissance. Son esprit s'éleva hors de son corps et contempla sa propre forme immobile, isolée sur la plage. Une ombre noire et menaçante planait au-dessus de la silhouette, elle s'éloigna lentement, comme à regret. Les derniers lampadaires s'éteignirent et la nuit envahit l'espace.

***

L'horizon commença à s'éclaircir, une bande de lumière blanche et rosée perça entre ciel et mer. Sur la plage, une créature marine était étendue au creux de la dune. Le visage translucide, la longue chevelure emmêlée et humide d'embruns, la peau constellée de grains de sable, le corps de la Néréide était une offrande de l'océan, un cadeau du dieu Poséidon. Aucun souffle ne semblait soulever sa poitrine.

Le jour s'installa progressivement et le vent se leva, fraîchissant l'atmosphère. Gloria s'anima imperceptiblement, des tremblements la parcoururent. Elle ouvrit les yeux et recala sa situation à partir de souvenirs brumeux... *« The Lizard King »* ... Ses réflexions s'accélérèrent qui achevèrent de la réveiller. Elle se dressa sur son séant. Elle était transie. Elle posa les mains sur sa gorge douloureuse et sentit qu'elle était gonflée.

La jeune femme parvint à se mettre debout et esquissa quelques pas chancelants. Elle ne portait plus qu'une robe humide en lambeaux qui lui collait à la peau. Elle se traîna sur l'esplanade déserte, fit une brève halte et reprit sa respiration. Le Tonnerre de Brest était proche et elle reprit sa marche ; au bout du pénible trajet, elle s'affala sur un siège de la terrasse en attendant l'ouverture de la bicoque.

Francis trouva une créature prostrée alors qu'il arrivait du marché, chargé de cabas bien remplis qu'il abandonna pour se précipiter vers elle. Il poussa de grands cris quand il reconnut le lieutenant :

– Mon Dieu, c'est bien vous mademoiselle Pepsovna ! Et dans quel état !

La vue d'un Francis catastrophé revivifia Gloria. Elle redressa la tête et lança :

– Mais qui voulez-vous que ce soit !

– Ben c'est que... votre tenue...

– Allez plutôt me faire un café très fort ! J'ai besoin d'un remontant !

– Tout de suite...

Quelques minutes plus tard, rassérénée, un mug à café brûlant à portée, Gloria Pepsovna agitait le combiné téléphonique du *Tonnerre de Brest*, scandant ces mots : « Commissariat central de Los Angeles, ici le lieutenant Pepsovna ! Dépêchez-moi d'urgence une voiture de police au restaurant le *Tonnerre de Brest*, sur la Bayside, et puis, ne quittez pas ! Je lance un avis de recherche, faites un appel immédiat à toutes les patrouilles du comté ! Je vais vous donner le signalement d'un suspect... »

Sur ces entrefaites, Julian, arrivé à son tour, était interloqué par la mine hagarde et l'aspect débraillé de Gloria. Après quelques minutes de rangement divers, il se précipita sur elle, en piaillant : « Mademoiselle Pepsovna ! Regardez ce que j'ai trouvé, coincé sur le plateau du bar ! C'est le ticket de transport de Jimmy, il l'avait laissé là... » Julian tendit un ticket défroissé, rajoutant :

– Voyez la date ! Jimmy m'avait pourtant dit qu'il était à Santa-Monica depuis hier matin...

– En effet, son arrivée remonterait à trois jours...

– Étrange, non ?

– Pas tant que ça... murmura Gloria.

Cet ultime indice ne fit que confirmer les forts soupçons du lieutenant Pepsovna. Elle se demanda juste pourquoi Jimmy l'avait épargnée.

L'esprit de Gloria lui échappa soudain et elle eut cette vision précise :

Là-bas, sur la Route 66 du côté de Needles, une équipée de motards avait pris à son bord un jeune homme, armé d'une guitare. La horde taillait rapidement la route dans un nuage de poussière, sur ses machines étincelantes, formant une gangue protectrice autour du *Roi Lézard.*

*« The world on you depends, Our life will never end, You gotta love your man... Riders on the storm, Riders on the storm... »**[10]

---

[10] Les phrases signalées (*) en italique sont extraites de la chanson « *Riders on the Storm* » des Doors.

En cas de malheur[11]

La nuit de décembre, épaisse et froide, se colle à la vitre crasseuse où perce, toutefois, le scintillement du néon de l'enseigne du cabaret le Moulin Rouge.

Le regard de Stella navigue dans la chambre mansardée, s'accroche, se voile. Sa tête s'appuie au montant du lit, à peine soutenue par un pauvre oreiller. Son corps s'allonge sur la couverture miteuse. Stella s'affaiblit. Ses mains rougies s'appliquent sur la plaie suintante de son ventre, un liquide chaud et poisseux s'en écoule, il imprègne son pull troué et se disperse sur le matelas.

Stella ne souffre pas, sa douleur est anesthésiée. Malgré son état critique, la pensée de la jeune fille s'attarde sur les détails de la vie courante ; il n'y a plus de pain, ni de lait ; demain, elle doit faire une lessive au Lavomatic, aller pointer au bureau du chômage...

Les dernières vingt-quatre heures avaient été éprouvantes...

---

[11] Histoire librement inspirée de la vie du groupe les Sex Pistols et de son bassiste Sid Vicious

Hier soir, dans sa hâte de se piquer, elle avait renversé le reste du sachet d'héroïne destiné à Stiv. La poudre s'était répandue à travers les rainures de la table en bois, et avait fui sur le sol. Impossible de récupérer quoi que soit parmi la saleté collée au lino.

Stiv avait surgi, dans un état de manque total, et avait pété les plombs ; faisant voler dans la pièce les quelques plats encroûtés de reliefs de nourriture qui s'étageaient dans l'évier bouché. Des immondices avaient volé, s'éparpillant sur les murs tachés et sur leurs fringues abandonnées aux quatre coins du bouge.

Stella avait paniqué malgré l'effet bienheureux et lénifiant de son dernier fix. Elle ne savait comment tempérer la furie de Stiv. Il l'avait attrapée par le col de son pull et l'avait secouée. Elle s'était mise à pleurer, jurant qu'elle allait lui trouver quelque chose... Il lui avait crié de se dépêcher, sinon, il la tuerait. Il souffrait trop. Il avait ouvert la porte et avait projeté Stella sur le palier, lui balançant ses chaussures à la tête et lui intimant d'être revenue dans moins d'une heure.

Stella avait trébuché dans l'escalier, dérapant sur les marches avachies des quatre étages de l'immeuble du boulevard de Clichy. À l'extérieur, une bourrasque chargée de pluie l'avait giflée. Elle avait clopiné sur le trottoir mouillé. Allait-elle trouver son revendeur à onze heures du soir ?

D'ordinaire, Stiv et Stella s'arrangeaient pour prévoir le shoot suivant, ce qui leur donnait une certaine marge pour s'approvisionner. Là, elle avait merdé.

Stella avait rasé les murs, recevant l'eau des gouttières sur le crâne. Elle avait emprunté une ruelle oblique qui démarrait entre une boutique d'accessoires érotiques et une épicerie crapoteuse. Un dealer traficotait derrière la porte branlante d'un porche qu'elle franchit, à l'aveuglette. Des ombres évanescentes s'échappaient de la courette à l'abandon où stagnaient des détritus. Stella avait identifié celui qui l'aborda abruptement :

– J'me casse, là...
– B'soir Éric, j'ai besoin d'un gramme, tout de suite...
– T'as combien ?
– Rien, demain...
– Fous-toi d'ma gueule !
– C'est pour mon ami, il est en manque.
– L'angliche ?
– Oui.
– Ce con... qu'est-ce que tu fous encore avec ce minable ?
– T'occupe.

Les yeux du gars transperçaient Stella, frêle créature aux longs cheveux de noyée dégoulinant sur son visage fatigué. Il avait consenti :

– Donne quelque chose, en attendant...

Stella avait tourné, sur son annulaire gauche, la bague endiamantée qui lui venait de sa mère et l'avait tendue devant elle. Le dealer s'en était emparée :

– Reviens demain, je te la rends contre cinquante sacs.
– J'aurai besoin d'une autre dose, demain.
– Ce sera le double, alors...
– J'aurai le fric.

Éric avait extirpé un sachet de la poche intérieure de son blouson.

Stella avait regagné le logement où Stiv piétinait d'impatience, tapant du pied dans les meubles. Il se grattait compulsivement l'intérieur des bras et se mordait les lèvres au sang. Il avait crié :

– Enfin ! Donne !

Stella soupire d'impuissance, le froid la gagne. Son corps s'ankylose, mais son esprit s'emballe ; son histoire s'inscrit dans le melting pot de l'humanité. Elle n'a pas hérité du destin le plus glorieux, mais elle ne regrette rien. Ses paupières s'affaissent, elle entame son voyage immobile...

STIV

Quelque chose avait cloché dès sa naissance ; un père absent, une mère borderline alcoolique. Sans repères ni limites, Stiv fut un enfant turbulent qui devint vite ingérable et asocial ; ado, il mena une vie d'errance et fréquenta les squats, subsistant de petites magouilles et de larcins. Sa condition d'enfant délaissé, son peu d'éducation, ne l'habituèrent pas à la sensiblerie et à l'émotion superficielle. Il traversait les zones d'ombre de son existence sans état d'âme et sans se plaindre.

Tout jeune, il déambula dans les quartiers londoniens de Brighton et de Soho, en affichant des attitudes provocantes ; il crachait sur les passants et effrayait les vieilles dames. Pour gagner sa croûte, il œuvra dans les pubs, s'imposant comme barman, videur, roadie de groupes musicaux underground à la gloire éphémère.

Il se lia d'amitié avec Johnny, un autre gamin des rues, avec lequel il partagea des galères et des délires. Ce dernier, malin et ambitieux, chanteur-guitariste affirmé, était déterminé à se faire entendre. Ses compositions, inspirées des groupes de *garage rock* américains, balançaient des textes frondeurs articulés sur des sons amplifiés et distorsionnés.

Ainsi, Johnny avait fondé un groupe de rock, les Dirty Angels, avec lesquels il proposait des performances allumées. Les garçons affichaient des looks débraillés, composés de vêtements rafistolés, de guenilles ramassées dans les poubelles dont les lambeaux tenaient avec des épingles à nourrice. L'aplomb farouche des musiciens, la spontanéité de leur répertoire, l'énergie phénoménale qu'ils développaient produisirent un cocktail explosif qui sidéra et emballa un public avide de nouveauté et d'excentricité.

Une frange des laissés-pour-compte du système adhéra sans réserve au groupe symbole de la rébellion contre l'establishement.

Les Dirty Angels devinrent le groupe phare du moment. Leurs faits et gestes, jugés scandaleux, faisaient les gros titres des tabloïds. Ils étaient censurés par les radios, ignorés par les maisons de disques. Interdits de salles de spectacle, leurs concerts devinrent clandestins et très recherchés. Le public, en embuscade, se battait pour y assister.

Un manager opportuniste, ancien styliste, flaira le potentiel et l'originalité des quatre garçons qu'il prit en main et dont il géra les affaires.

Stiv, qui faisait partie des inconditionnels, dégagea le bassiste originel qu'il trouvait trop mou et prit sa place. Son assurance de néophyte impressionna l'équipe et personne ne lui contesta son nouveau statut, surtout pas son ami Johnny. Les pitreries et les provocations de Crazy Stiv, le surnommé, amusaient la galerie et rajoutaient de l'éclat trouble, s'il en était besoin !

Les Dirty Angels incarnaient l'esprit du mouvement *no future* et leur bassiste devint l'icône de la *punk generation*…

STELLA

Elle avait poussé à Montmartre, entre la butte et la rue Lepic. Elle fréquenta l'école de la rue Yvonne Le Tac. Elfe gracieuse à la chevelure rousse, elle escaladait les volées de marches qui menaient à la place du Tertre où elle retrouvait ses copines. Elles s'installaient sur un muret en face de la basilique du Sacré-Cœur et discouraient sans relâche sur leurs joies, leurs peines, leurs espoirs, le regard perdu sur les toits de Paris.

Stella était orpheline, ses parents s'étaient tués dans un accident de voiture l'année de ses quatre ans. Elle fut recueillie par sa grand-mère qui logeait rue Lepic dans un logement exigu dont la douche et les toilettes étaient sur le palier.

La gamine séchait les cours et rentrait tard au foyer. Elle prit l'habitude de la rue et se familiarisa avec les voyous du quartier Barbès-Pigalle situé en contrebas. Elle aurait pu se retrouver sur le trottoir, à vendre ses charmes, pour un petit maquereau, mais une certaine dignité de sa personne l'en empêcha. Toutefois, elle officiait comme caissière de certains sex-shops du boulevard de Clichy, dans des tenues aguicheuses.

Stella obtint son bac de justesse et assura à sa grand-mère qu'elle n'irait pas plus loin dans les études. Elle prétendait avoir plein d'idées pour se faire de l'argent. Elle fréquentait des musiciens qui répétaient dans les caves de la rue des Martyrs et naviguait dans des fêtes où les drogues tournaient généreusement.

Lors du printemps 1976, un de ses copains du moment l'entraîna à Londres lui certifiant qu'il y avait une « révolution » là-bas... Un nouveau style de musique cassait la baraque, le *punk*...

STIV ET STELLA

Stella traîna dans Soho, dans Carnaby Street, musarda dans King's road... La jeune fille éclatait d'une grâce juvénile et attirait tous les regards. Elle se promenait, nez au vent, sourire mutin aux lèvres, vêtue de skaï noir et rouge, sa longue crinière ondulant sur les épaules. Oiseau de nuit, elle voletait de pubs en clubs d'où fusaient les sons des guitares saturées et les voix éraillées, les rires déchirés, des apprentis musiciens déjantés.

La jeunesse anglaise redéfinissait les contours de ses terrains de jeu qu'elle occupait sans vergogne. Elle s'éclatait, exultait, titubait sous l'effet conjugué des décibels, de l'alcool et des stupéfiants. La jeunesse rebelle divaguait, se lâchait et crachait sur les valeurs éculées du Royaume-Uni, dans l'ivresse d'une liberté retrouvée.

Stella était dans le mouv', avide de connaissances et de rencontres, elle papillonnait entre des amoureux occasionnels. Elle flasha sur un jeune type dégingandé, aux cheveux noirs hérissés, dont le visage s'étirait d'un rictus moqueur. Son caractère ombrageux, son esprit cynique, ses propos sarcastiques, plurent à Stella qui privilégiait la compagnie des *bad boys*...

L'élu avait une forte disposition pour la défonce et la déconnade.

Stella le rencontra un soir qu'elle marchait dans Wardour street, en direction du Marquee, petit club de concerts où passaient les groupes de rock à la mode. Une voiture ralentit à sa hauteur, à l'intérieur des garçons surexcités la hélèrent :

– Eh baby ! Tu viens ?

Stella continua sa route sans s'intéresser jusqu'à ce qu'un des olibrius, éjecté de la voiture, lui barre la route en rigolant :

– Eh, t'es super ! Je t'emmène ?

Stella scruta l'opportun et désigna l'entrée du Marquee :

– Je vais là...

– Moi aussi...

– Stella...

– Stiv...

Tous deux entrèrent, s'installèrent au bar, se reluquant entre les chopes de bière qu'ils descendirent, dans l'atmosphère enfumée et bouillonnante, pendant qu'un groupe se démenait sur scène. Le couple s'apprivoisa rapidement et devint inséparable les jours suivants.

Crazy Stiv avait le statut d'une rock star et sa compagnie était prisée. Les Dirty Angels étaient de toutes les festivités. Les aficionados pullulaient dans leurs parages créant des émeutes pour les voir jouer à guichets fermés lors de concerts impromptus.

Leur manager gérait pertinemment leur carrière éclair et leur distribuait de l'argent de poche pour satisfaire leurs caprices de nouveaux enfants gâtés.

Stella s'immergea dans l'ambiance délétère et folle du Londres rock'n'roll et sexy. Elle s'égara dans les rues mal famées au bras de son amant, le suivit dans les squats, les hôtels de luxe, les appartements somptueux. Il lui acheta des tenues excentriques aux marchés aux fripes de Portobelloet de Camden... Elle devint accro à la dope et à son compagnon. Leurs relations étaient mouvementées, car Stiv, qui se découvrait amoureux pour la première fois, se montrait jaloux et possessif.

Toutefois, après un été londonien de tous les excès, Stiv et Stella se séparèrent. Les Dirty Angels, en pleine gloire, se produisaient à New York et entamaient une tournée aux States.

Aussi, Stella revint seule à Paris où elle subit une grosse déprime. Elle erra, solitaire et dévastée, de la place Blanche à la place du Tertre. Elle évita ses anciennes connaissances et s'isola dans sa chambrette chez sa grand-mère qui lui prenait bien la tête, l'adjurant de devenir sérieuse en dénichant un boulot stable et convenable.

Stella s'associa avec des types qui la dépannèrent en poudre pour lesquels elle revendait afin d'avoir des doses gratuites. Elle ne savait pas si elle reverrait Stiv. Il était devenu très célèbre et elle pensait qu'il l'avait oubliée. Les médias relayaient les exploits des Dirty Angels ; ils avaient donné un concert mémorable au CBGB[12] de New York avec une pléiade de rockstars dont les Ramones, Patti Smith, Blondie...

Stella suivait les frasques de son amant d'antan dont les esclandres étaient rapportés dans les journaux trash à la rubrique « Faits divers » des peoples. Il apparaissait sur des photos volées où il grimaçait aux bras de groupies débraillées et défoncées. Il s'était, notamment, acoquiné avec une ancienne actrice du porno. Stella en était furieuse et peinée. Elle décida de réagir.

Sa première action fut de se désintoxiquer des substances qui irriguaient son sang et de se défaire de son obsession pour Stiv. Progressivement, elle sevra son corps et son esprit.

Puis, elle dénicha un boulot d'ouvreuse dans un petit cinéma d'art et d'essai du quartier Montmartre. Elle y gérait, également, l'approvisionnement en sucreries qu'elle proposait à l'entr'acte. Cet emploi lui permit de voir et de revoir les chefs-d'œuvre du 7e art.

Petite, elle avait été touchée par le personnage joué par Brigitte Bardot dans le film *En cas de malheur* de Claude Autant-Lara. La beauté et le destin funeste de la jeune voleuse l'avaient émue. Cette histoire bouleversante et dramatique revenait la hanter lors de ses moments de déprime. L'héroïne avait mal fini, poignardée à mort par un ancien amant qu'elle avait toujours dans la peau.

---

[12] Club mythique des années 70 situé à Manhattan

Stella passa un hiver tranquille et douillet. Emmitouflée dans de gros pulls, elle circulait entre sa chambrette et le cinéma. Elle s'accordait parfois une pause en terrasse d'un café de la rue des Abbesses où elle sirotait des grogs parfumés au citron. Stiv ne la contacta pas. Elle lui avait écrit son adresse parisienne sur un paquet de cigarettes, lors de leurs adieux, elle supposa qu'il l'avait perdue...

Un soir du printemps suivant, alors qu'elle marchait le long du boulevard de Rochechouart, elle remarqua des affichettes en façade de l'Elysée Montmartre. Un groupe londonien, qu'elle appréciait beaucoup, devait se produire dans cette salle de spectacle, début mai, avec une première partie surprise. Elle se promit d'être au rendez-vous...

PRETTY VACANT

La foule était importante et compacte devant les portes encore fermées de l'Elysée Montmartre et, Stella qui n'avait pas encore de billet, n'essaya même pas de s'insérer dans la file d'attente. Elle pensait, à juste titre, qu'il n'y aurait plus de place quand viendrait son tour.

Dépitée, elle entra dans le bar qui jouxtait la salle. Les voix des consommateurs et le cliquetis des verres faisaient un bruit assourdissant. Elle se rapprocha du comptoir en jouant des coudes et commanda une bière pression qu'elle dégusta, debout, tout en contemplant la faune environnante.

Celle-ci constituait le public du concert de ce soir. La plupart des gens étaient déguisés en rockers de différentes chapelles ; ceux-ci, étaient coiffés avec des bananes gominées, façon rockabilly, ceux-là, portaient des couleurs vives et des tissus imprimés panthère, façon psychobilly, d'autres, étaient des spécimens punks avec des crêtes colorées et des blousons déchirés... Des *Lolita* en mini-robe, clones de Betty Page, aux lèvres sanglantes ; des collégiennes japonaises en jupette s'éparpillaient parmi cet aréopage dissipé.

Stella portait une robe blanche et moulante, de longueur sage. Ses pieds étaient joliment cambrés sur des talons aiguilles et sa chevelure fauve était relevée en choucroute. Un trait d'eye-liner étirait ses yeux foncés qui firent le tour de la salle animée. Un groupe de jeunes gens qu'elle n'avait encore pas remarqué, car caché derrière un pilier décoratif, était répandu sur des banquettes autour d'une table envahie de verres vides. Les occupants chahutaient et s'esclaffaient bruyamment. Leurs visages semblèrent familiers à Stella qui s'approcha. Elle se planta devant un des garçons qui tirait sur une cigarette roulée. Dès qu'il aperçut Stella, il avala la fumée de travers et toussa, puis il sauta sur ses pieds et engloutit la jeune fille dans ses bras, s'exclamant en anglais :

– Bébé, quelle surprise !

– Tu ne m'as donc pas oubliée...

– Jamais !

Stiv attira Stella sur la banquette, souriant démesurément à son amie retrouvée.

– Que fais-tu ici, bébé ?

– J'habite par là...

– Ah, c'est vrai ! Les Dirty's jouent ici ce soir...

– À l'Élysée Montmartre ?

– Bien sûr…

Perchée au balcon ornementé de l'ancien cabaret, Stella assistait au show des Dirty Angels qui faisaient pogoter le parterre chargé de leurs fans. C'étaient les *guest stars* qui, assurément, volaient la vedette au groupe principal.

Si la jeune fille avait tourné la tête à sa droite, peut-être aurait-elle reconnu l'homme mince, aux cheveux bruns, le visage dissimulé par la visière d'une casquette, qui se tenait à ses côtés. Lequel personnage, malgré l'agitation intense dégagée sur la scène, n'avait d'yeux que pour cette créature diaphane, à la troublante beauté, dont le regard ne s'attachait qu'aux musiciens, et plus particulièrement à celui au bras duquel elle était entrée, Crazy Stiv... « L'inconnu », au demeurant star mondiale du rock, ne bougea pas le petit doigt pour attirer l'attention de Stella, il préféra demeurer dans l'aura magnétique qu'elle dégageait et il la suivit du regard quand, à l'issue du concert, elle se glissa dans la foule, probablement pour rejoindre son amoureux...

Stella ne l'apprit que plus tard, mais il s'agissait du dernier concert des Dirty Angels. Ils voulaient le donner à Paris où ils n'avaient jamais joué. Ils se séparaient au grand désespoir de leur manager. La tournée US n'avait pas renforcé leur cohésion déjà défaillante. Là-bas, les garçons s'étaient éparpillés, chacun vaquant à ses propres délires, notamment Stiv qui avait suivi un parcours erratique, accordant peu de temps à la musique. Le groupe, né dans la fulgurance, avait perdu son authenticité et son panache dans les méandres du show-biz qu'il avait dénoncé en son temps... Johnny, qui était le seul compositeur, portait l'équipe sur ses épaules ; il préférait, désormais, prendre ses distances.

La jeune fille éprouvait un sentiment mitigé pour son ancien petit ami et ne savait qu'attendre de sa soudaine réapparition. Elle connaissait son côté manipulateur, sa propension autodestructrice malsaine, mais elle était sensible à son charme vénéneux. Le garçon l'émouvait et la fascinait par sa sensibilité d'écorché-vif et son charisme.

Les Dirty Angels s'éparpillèrent au diable Vauvert, mais Stiv demeura à Paris, il s'accrocha à sa belle et elle ne le repoussa pas.

Auréolé de son statut sulfureux, il intéressa quelques journaleux en quête d'articles sensationnels pour lesquels il joua son rôle de « mauvais garçon ». Il était recherché pour les partys pseudobranchés, pour les événementiels *arty*. Mais, à cause de son caractère tempétueux et imprévisible, il ne fut bientôt plus *persona grata,* certaines festivités s'étant terminées en pugilats à cause des excès incontrôlables de l'*icône punk*...

Il brûlait ses ailes de gosse paumé dans un milieu de voyeurs, de jaloux, avides de faits sordides, qui se délectaient de la chute des stars défaillantes. Le compte à rebours de sa déchéance était enclenché.

Sa fidélité amoureuse à Stella n'était pas une règle. Souvent, il la plantait pour filer au bras d'une autre. Il revenait toujours vers sa fiancée, dans un état d'extrême fatigue et de déconfiture totale. Elle le reprenait, par amour et par pitié...

Ils avaient emménagé dans un sombre garni du boulevard de Clichy, au dernier étage d'un immeuble vétuste. Faute d'entretien, le logement devint vite insalubre.

Stiv dilapidait sa maigre fortune dans les endroits les plus glauques de la capitale. Poussé par certains producteurs et patrons de boîtes, il tenta d'intégrer, en tant que figure musicale de renom, des formations de pacotille, mais rien ne fonctionna. L'alchimie particulière et explosive des Dirty Angel*s* était exceptionnelle, elle ne pouvait se cloner à la demande.

Stella replongea dans la drogue à la suite de Stiv. Leur approvisionnement se compliqua, car les ressources financières du couple se tarirent, d'autant que Stella perdit son emploi au cinéma faute d'assiduité.

Ils formaient un joli couple rock'n'roll et complice qui retenait l'attention dans le paysage montmartrois. Lui, cheveux hirsutes, dégingandé et railleur ; elle, petite et gracile, avec sa crinière de flamme, arborant tous deux des tenues détonantes.

Mais, le manque d'argent compromit leur relation, leurs disputes devinrent fréquentes et l'hiver les trouva fort démunis.

Une douleur sourde gagne Stella, elle tente de l'oublier et raccroche le fil de ses pensées...

Ce matin, Stiv était d'une humeur de dogue et il avait filé sans explications.

Stella avait mis au clou son manteau en vraie peau de panthère, cadeau de son fiancé du temps de ses largesses... Ce qui lui avait permis de régler Éric et de récupérer la bague de sa mère laissée en gage. Elle y tenait beaucoup. Bien que le souvenir de sa mère soit très flou, elle en gardait à l'esprit une tendre image teintée d'un sourire émouvant. En repassant la bague au doigt, elle avait murmuré : « Maman, aide-moi... » et ses larmes avaient coulé.

Dans la journée, elle avait vaqué à quelques rangements et nettoyages dans leur logis sinistré. Elle avait précautionneusement mis de côté un sachet d'héro, dans un pot en verre, au fond d'un placard.

La nuit et le froid de l'hiver avaient rapidement envahi l'espace et Stiv n'était pas rentré.

Fatiguée, Stella somnolait et essayait de s'intéresser à un livre rapporté de chez sa grand-mère, un polar lugubre à l'ancienne, *Femmes blafardes*... (roman de Pierre Siniac).

Elle fut tirée de son sommeil par un grattement à la porte et pensa que Stiv avait oublié ou perdu sa clef ; elle s'approcha du panneau de bois et murmura :

– C'est toi Stiv ?

– Oui, souffla la voix.

Stella débloqua la serrure et tira le battant pour faire face à un type de taille moyenne aux yeux fous. Elle ne le connaissait pas, mais elle l'avait entraperçu, quelquefois, sous le porche des dealers. Inquiétée par son allure menaçante, elle voulut refermer la porte, mais il la repoussa. Il pénétra vivement dans la pièce faisant reculer Stella jusqu'à la cloison qui séparait la chambre-salon du réduit tenant lieu de cuisine. Elle gémit :

– Qu'est-ce que tu veux ?

– Du fric...

– J'en ai pas, regarde autour de toi, tu crois que je suis riche ?

– Donne...

– Je n'ai rien, décampe !

L'intrus s'approcha et empoigna Stella à la gorge, il lui souffla son haleine lourde au visage et grinça, exhibant ses dents pourries :

– Fais pas ta maligne !

Il desserra son étreinte et Stella haleta :

– Mon mec arrive...

– Ce déchet ! Il ne me fait pas peur...

– Tu t'es vu ?

Stella repoussa le type et réussit à se faufiler dans la cuisine jusqu'à l'évier où elle saisit un Opinel déployé qu'elle pointa en avant. Le gars, qui l'avait suivie, eut un mouvement de recul. Puis, il éclata de rire en renversant la tête :

– Pétasse ! Donne-moi la bague, alors !

– Quelle bague ?

– Celle qu'Éric t'a rendue, je vous ai vus...

– Pas question !

Le type lorgna le doigt de la jeune fille et redit :

– Allez, donne...

– Si t'approches, je te pique...

Comme il faisait un pas dans sa direction, Stella se précipita en levant le couteau. Il attrapa et tordit le bras levé de la jeune fille, récupérant l'arme au vol. Elle lui décocha un coup de pied dans les tibias. Il jura et retourna la lame contre elle, lui enfonçant dans l'abdomen, d'un geste large.

Stella arrondit ses yeux de stupeur et grimaça sous le choc. Le garçon retira le couteau de la plaie et le jeta par terre, puis, il saisit la main de sa victime, lui arracha la bague et fila sans se retourner.

Stella fit quelques pas en titubant, mains plaquées sur le ventre. Prise d'un fort malaise, elle se traîna jusqu'au lit sur lequel elle se recroquevilla. Paniquée, respirant à petits coups, elle tenta une position plus confortable en s'allongeant complètement.

Incapable de bouger désormais, elle espéra le retour rapide de Stiv...

Les sensations de Stella s'atténuent, elle distingue une ombre mouvante et perçoit une voix assourdie.

Stiv est penché sur le corps de son amie. Il vient de ramasser la lame ensanglantée. Son regard éperdu va du couteau au visage livide de Stella. Il l'appelle avec désespoir.

Stella sent que sa vie s'échappe... Elle n'a pas peur, juste un peu d'appréhension face à l'inconnu du néant qui la guette.

En pleurs, Stiv soulève le buste de la jeune fille qu'il applique délicatement contre lui. Il lui murmure des encouragements qu'elle ne perçoit plus...

La tête de Stella bascule en arrière. Stiv repose son amie sur le matelas et s'allonge près d'elle, s'imprégnant encore de sa chaleur, se persuadant qu'elle n'est qu'endormie... Il s'assoupit brièvement.

Puis, il s'éveille brusquement et réalise son cauchemar. Il se précipite dans la rue en hurlant : « J'ai perdu mon amour, je suis mort ! »

DEAD FLOWERS

Une limousine Rolls-Royce, gris métallisé, glisse le long de l'avenue Caulaincourt, puis s'arrête devant l'entrée du cimetière de Montmartre. Un homme, d'âge mûr, mince et brun, s'en extrait... Il chemine dans les allées à la recherche d'une tombe. Il n'est jamais venu, mais il l'identifie grâce aux tags remarquables dont elle s'orne et aux petites offrandes qui reposent dans le carré mortuaire.

Sur la pierre tombale, on lit la brève inscription qu'il a fait graver, il y a vingt ans, lorsqu'il a réservé l'emplacement : « Stiv et Stella, 1957-1979 ».

À l'époque, il avait été ému par le destin tragique des jeunes amoureux célèbres, décédés le même jour, et dont personne ne voulait assurer la sépulture. Il avait tenu à les réunir dans leur dernière demeure.

« L'inconnu » dépose un petit bouquet de roses sauvages sur la stèle. Il chantonne, en guise de prière, quelques paroles d'une chanson qu'il a composée, *« No I won't forget to put roses on your grave... »*[13], et s'en retourne, tranquillement.

---

[13] « *Dead Flowers* » - chanson de Jagger / Richards – album (*Sticky Fingers*)

Let It Bleed

Sur l'ancienne photo, je suis toute de blanc vêtue. Une courte jupe plissée, un corsage sans manches, des sandalettes et un chapeau en toile incliné sur le côté composent ma toilette. Mes jambes et mes bras sont hâlés, mon sourire effronté... En arrière-plan, on distingue des orangers qui ploient sous les fruits murs et une fontaine en pierre ouvragée dont l'eau jaillit en bouillonnant.

Je me tiens sous une tonnelle à la végétation exubérante qui coiffe une terrasse de dalles blanches, meublée de tables rondes au plateau en marbre et de chaises en bois paillé.

Je contemple cette photo défraîchie aux contours dentelés et des images vivantes, chargées de couleurs, de sons, d'odeurs, assaillent mon esprit... Elles activent le film d'une période vécue il y a des dizaines d'années. Un scénario se dessine, issu de ma mémoire et de mon imagination, celui dont on fait les souvenirs et les histoires à raconter...

Comme chaque été, la petite propriété familiale varoise réunit momentanément ma grand-mère, mes parents, mon oncle et ma tante, mon cousin Philippe et moi... Il s'agit de ma parentèle du côté de mon père.

Petite tourangelle, je n'ai pas l'habitude de cette chaleur qui plombe les après-midis et isole les adultes dans la fraîcheur de leur chambre pour une sieste réparatrice. Je me suis échappée de la mienne. Je ne veux pas dormir, j'ai peur de cette perte de contrôle qui me saisit dès que je bascule dans le sommeil... Je crains de ne pas me réveiller, et mes nuits sont peuplées d'autant de cauchemars.

Pour remédier à cette phobie, ma mère m'a fait consulter le médecin de famille. Il prétend que j'entre dans l'adolescence et que ça peut me tourneboule. Maman pense que je suis perturbée par mes nombreuses lectures. Elle estime que je lis trop et qu'il s'agit de l'origine de mes rêves terrifiants.

Tous les soirs, c'est le même refrain, ma mère s'approche de mon lit, elle me retire le livre des mains, puis, dépose un baiser sur mon front et éteint ma lampe de chevet. Je proteste :

– Encore un peu, maman !

– Non, Sophie ! tu vas encore attraper des cauchemars, tu es beaucoup trop imaginative...

Peine perdue, je ne discute pas. Dès qu'elle a tourné le dos, j'extrais, en douce, la lampe de poche que je cache sous mon matelas et je continue ma lecture sous le drap...

Dans la maison de vacances, au toit de tuiles, aux façades enduites à la chaux ocre, j'occupe une chambrette proche de celle de mon cousin. Elle est garnie d'un haut lit en fer forgé, au matelas de laine, et sert de remise à des meubles hétéroclites dont le bois exhale la lavande et la cire rance. J'étouffe dans ce réduit poussiéreux. J'ai interrompu le tic-tac obsédant de l'horloge comtoise en décrochant le balancier.

Cette année, Philippe, mon aîné de trois ans, a notablement changé. Il a mûri et changé de voix. Il affiche une assurance forcée et s'exprime d'un ton ironique, surtout, lorsqu'il s'adresse à moi... Il a apporté un tourne-disque Teppaz, gris clair, et quelques trente-trois tours.

Dès le premier soir de nos retrouvailles estivales, il m'isole dans sa chambre pour me montrer les disques qu'il extrait avec soin de son cartable en cuir. Je flashe immédiatement sur une pochette représentant un gâteau dont la composition hétéroclite s'étage sur un vinyle. Je tourne le disque entre mes doigts, fascinée, et demande :

– C'est quoi ?

– C'est « *Let It Bleed* » des Rolling Stones ! Ignare...

Philippe branche son Teppaz et place le bras du lecteur au début de la galette. Ça grésille, puis je suis aussitôt transportée par des ondes musicales troublantes. Toutes les chansons me bouleversent et, plus particulièrement, « Gimme Shelter »[15]. Je suis envoûtée par la puissance rythmique, la richesse mélodique et vocale du morceau.

Je déplie la pochette et tente de traduire les paroles des chansons. J'interroge mon cousin :

– Mais, qui chante ?

– C'est Mick Jagger, répond Philippe.

Je scrute les photos des musiciens.

– C'est lui là ? Je pointe du doigt un garçon au visage extraordinaire et à l'allure androgyne.

– Oui...

Je souffle :

– Je l'aime...

– Quoi ? T'es folle ma pauvre fille ! Tu ne le connais même pas.

– Maintenant, si... je l'aime.

Philippe hurle :

– Dégage pauvre folle ! et je quitte précipitamment la pièce.

Les nuits suivantes, je demande à mon cousin de passer le disque en boucle, je tiens à l'entendre à travers la mince cloison qui nous sépare. La musique tourne dans ma tête, les paroles s'impriment dans ma mémoire. J'enregistre chaque variation, chaque intonation, mon destin est scellé. Je serai une fan éternelle...

Aujourd'hui, 20 juillet 1969 est un jour particulier.

Ce soir, le premier homme marchera sur la lune !

Depuis ce matin, toute la maisonnée est excitée. Les adultes bavardent à l'infini et font des pronostics catastrophiques d'alunissage raté. Les femmes préparent les fameuses lasagnes au basilic. Elles étalent la pâte sur le marbre huilé et la découpent en lamelles avec une petite roulette en buis. Les hommes boivent du Pastis et fument des Gitanes sur la terrasse, l'oreille collée au transistor...

Cet après-midi, Philippe et moi cueillons des oranges sanguines pour en remplir des caisses que nous rapporterons chez nous. J'en épluche une et mord dans ses quartiers ; la saveur douce et sucrée se répand dans ma bouche. De temps en temps, mon cousin s'isole pour se rouler une cigarette avec du tabac qu'il a chipé à son père. Il m'en tend une. J'aspire maladroitement la fumée, je tousse et manque de vomir, ce qui fait s'esclaffer mon complice.

Depuis le début de notre séjour, Philippe me coule des regards à la dérobée, lorsque je les surprends, il détourne vite les yeux. Cette fois-ci, il ajoute :

– Tu serais presque jolie, Sophie, si tu n'étais pas si maigre !

Il louche un peu sur ma plate poitrine et assure :

– Ne t'inquiète pas, ça va venir...

Je comprends ce que signifie mon cousin et ça m'agace. Je lui retourne un regard noir. Je ne suis pas pressée de grandir et de changer. J'envie les adultes pour leur liberté, mais leur monde calibré m'inquiète. Ils courent partout et se coltinent maintes obligations. Moi, j'ai envie de rêvasser, de traîner, au gré de mes lectures et de mes promenades solitaires, loin des contraintes. Je ne veux pas devenir une dadame, tirée à quatre épingles, et toujours en représentation, à l'instar de ma mère.

J'aide mon cousin à charger les caisses remplies d'oranges dans une brouette et nous les déposons dans une remise annexe à la maison.

Notre labeur terminé, épuisés et rigolards, nous jouons à nous poursuivre dans le jardin. Philippe à mes trousses, je cours, je cabriole. Il a du mal à m'attraper, je glisse toujours entre ses doigts. Il finit par tendre sa jambe pour me faire un croche-pied, et je m'étale, m'éraflant la jambe sur l'écorce d'un tronc d'arbre. Je roule sur le côté et je crie. Assommée, je m'assois. Philippe se précipite à mes côtés. La peau de mon genou est arrachée et le sang coule sur mon mollet. Je n'ai pas mal, mais l'effet est spectaculaire. Immédiatement, je pense « Let It Bleed » ...

Appuyée sur mon cousin, je me dirige vers la maison en clopinant. Ma mère qui prend le thé, à l'ombre de la tonnelle, glapit :

– Sophie ! Tu ne fais jamais attention...

Elle m'entraîne dans la cuisine et me nettoie à grande eau dans l'évier. Ma grand-mère, accourue, m'asperge d'alcool, ça pique et je hurle, puis elle tamponne ma blessure avec du coton et me fait un pansement en assurant :

– Elle n’a pas besoin de points de suture, c’est juste écorché, elle complète « elle est vaccinée au moins » ?

Je décroche de la conversation des deux femmes qui pérorent sur mon état sanitaire...

Plus tard, abrutie par la chaleur étouffante, je patauge dans l’eau glacée d’un mince ruisseau qui s’échappe de la montagne, mes pieds glissent sur les pierres du bassin dont le trop-plein se déverse dans un canal en contrebas. L’eau asperge la croûte de mon genou écorché, elle se ramollit et un filet de sang glisse le long de ma jambe... *« let it bleed, chérie, let it bleed, baby, let it bleed... »*

Le froid engourdit la douleur. Je plonge mes mains dans l'eau et m'asperge le corps sans me soucier de mes vêtements.

Après le dîner, pris sur la terrasse, la famille s’attarde à table et nous contemplons l’astre jaune pâle qui se découpe dans le ciel sombre.

À 21h37, Neil Armstrong a posé le pied sur la lune. Les adultes écoutent les commentaires à la radio. J’ai un peu de mal à admettre cette nouvelle exceptionnelle. Mon jeune cousin s’est isolé dans sa chambre, il passe et repasse « Let It Bleed »[14]...

Au bout de cette journée chargée en émotion, je vais me coucher, mais je ne trouve pas le sommeil... Je ressors de mon lit pour aller toquer à la porte de Philippe. Je lui demande pourquoi il n’est pas intéressé par cet événement universel. Il me répond :

– Pfuit, je n'y crois même pas, c'est un canular !

– T'es fou ! Ça existe ! D'ailleurs, tu m'agaces, je m'en vais !

– Où ça ?

– Là-haut !

---

[14] « *Let It Bleed* » - chanson de Jagger / Richards (album *Let It Bleed*)

Et je désigne du doigt, l'astre blanc glacé qui s’inscrit par l’ouverture de la fenêtre. Je hurle :

– « Gimme Shelter »[15] !

Et je m’envole…

[15] « *Gimme Shelter* » - chanson de Jagger / Richards (album *Let It Bleed*)

Crédit photo : Jean-Paul Noble
Modèle : Anaïs
Nom du site : https ://brigittenoble3.wixsite.com/heroines

Conception graphique : Camille Manceaux

Dépôt légal : Juin 2022

Imprimé en Europe

Imprimé en France
FRHW011203211222
33274FR00001B/3

9 782384 620784